MW01645002

Förord

Ellen sitter vid sitt fönster och blickar ut över den regniga staden. Det är tidig morgon, men hon har inte sovit på hela natten. Ångesten kramar om hennes bröst, och varje tanke känns som en tung sten som inte vill släppa taget. Hennes liv känns som ett grått landskap, och trots att hon är omgiven av människor känner hon sig ensam.

Arbetslivet är en källa till ständig oro, men den största smärtan är den inre känslan av tomhet som Ellen inte kan identifiera. Hon vet inte längre vad hon egentligen vill, eller om hon ens vill något alls. Tankarna på självmord har blivit ett återkommande tema. Ibland känns det som om det inte finns någon annan väg ut ur denna mörka labyrint.

På jobbet är hon tyst och inåtvänd. Kollegorna märker ingenting, men Ellen känner sig som en främling bland dem. Varje dag är en kamp för att hålla sig på benen, och varje gång någon försöker prata med henne känner hon en klyfta som är omöjlig att överbrygga.

En kväll på väg hem från jobbet, när Ellen har svårt att hålla tillbaka tårarna, möter hon Truls för första gången. Han står vid en busshållplats, och deras blickar möts. Truls ler vänligt, och något i hans leende får Ellen att känna att det finns något mer att leva för. De börjar småprata och Ellen känner en stark dragningskraft till denna främmande man.

Det är inget romantiskt, bara ett vänskapligt och oväntat möte som lämnar Ellen med en liten gnista hopp.

Kapitel 1: Den första tårkanalen

Ellen börjar småprata med Truls vid flera tillfällen på samma bussresa hem, och hon börjar öppna upp lite mer om sina känslor, även om det känns svårt och skrämmande. Truls är lyhörd och ger inget fördömande, utan bara ett lugn som Ellen inte visste att hon behövde.

När Ellen kommer hem den kvällen går hon för första gången på länge igenom sina dagböcker. Det är något i att skriva ner sina tankar som gör att hon börjar förstå den inre kampen. Hon skriver om smärtan, om ensamheten, och om de mörka tankarna som varit hennes ständiga följeslagare. För första gången på länge känns det som om hon har fått kontakt med en del av sig själv som hon förlorat.

Nästa dag skickar Truls ett meddelande där han frågar om hon vill träffas. Ellen tvekar, men bestämmer sig för att säga ja. Kanske, tänker hon, kan det vara början på något nytt.

Ellen och Truls träffas på ett litet café i staden, och trots att Ellen känner sig osäker och blyg, börjar hon känna att hon kan vara sig själv på ett sätt hon inte gjort tidigare. Truls berättar om sina erfarenheter som ungdom och om den mörka period han gick igenom med missbruk. Ellen lyssnar fascinerad men också rörd över hur Truls har kämpat för att bygga upp sitt liv igen.

De går tillsammans på en lång promenad genom stadens gator, där Truls delar sina tankar om hur han har lärt sig att acceptera sina svagheter och om hur viktigt det är att vara medveten om sina egna känslor. Han berättar för Ellen att han inte har några snabba lösningar, men att han tror på små steg framåt.

Ellen känner en våg av tårar komma. Hon har aldrig riktigt kunnat prata med någon på det här sättet, och att kunna uttrycka sina innersta tankar för någon som inte dömer känns som en lättnad. De slutar sin promenad vid en park där Truls ger Ellen en kram och säger att livet kan vara bättre, om man bara tillåter sig själv att ta emot det.

Efter deras samtal, känner Ellen en känsla av hopp som hon inte känt på länge. Kanske, tänker hon, finns det en väg ut ur mörkret.

Truls fortsätter vara en konstant i Ellens liv, och deras vänskap växer. Truls uppmuntrar Ellen att börja göra saker hon en gång älskade, som att måla. Han ger henne en pensel och färger som en gåva, och säger att hon ska ge sig själv tillåtelse att vara kreativ igen.

Ellen, som tidigare känt att alla drömmar var förlorade, börjar sakta men säkert plocka upp sina gamla målarpenslar. Den första målningen blir en abstrakt bild av en stad i skymning – en plats som speglar hennes egna inre känslor. Truls ser på målningen och säger att den fångar något vackert, och för första gången på länge känner Ellen en glädje i sitt skapande.

Samtidigt kämpar Ellen med sina egna tvivel. Tänk om hon misslyckas? Tänk om hon inte kan leva upp till sina egna förväntningar? Truls påminner henne om att det inte handlar om att vara perfekt, utan om att skapa utan att vara rädd för att misslyckas.

Ellen känner att hon börjar förändras. För första gången på länge känner hon att hon har makt över sitt eget liv. Hon fortsätter att måla och reflekterar över sina känslor på ett sätt som ger henne en ny förståelse för sig själv. Truls är alltid där och stöttar henne, men han säger att den största förändringen kommer från Ellen själv. Hon är den som måste välja att se på sitt liv från ett nytt perspektiv.

När Ellen återupptäcker glädjen i att vara kreativ känner hon en ny känsla av frihet. Hon förstår nu att ingen annan än hon själv kan definiera vad hennes liv ska vara. Hon inser också att hennes relation till Truls är en av de viktigaste delarna i denna resa. Men hon känner också en rädsla för att bli för beroende av honom. Vad händer om han en dag inte är där?

Ellen har alltid varit en person som haft svårt att hantera tid. Hon har ofta känt att tiden bara försvunnit, att varje dag är som en repetition av den förra utan att något förändras. Den där känslan av förlorad tid har varit en stor del av hennes depression. När hon spenderar tid med Truls börjar han prata om hur viktigt det är att leva i nuet, att inte fastna i vad som har varit eller oroa sig för vad som kommer att komma.

Truls hjälper Ellen att sätta ord på det hon har känt hela sitt liv: att hon har levt för andra människor och för deras förväntningar, inte för sin egen skull. Han påminner henne om att tiden är en gåva och att varje ögonblick har betydelse. Ellen börjar inse att hon inte har förlorat all tid, utan att varje dag är en chans att börja om och skapa nya minnen.

Istället för att känna sig fast i en känsla av att livet har passerat henne förbi, börjar hon se på varje dag som en möjlighet att skapa något meningsfullt. Hon börjar så småningom ta initiativ och skapa nya rutiner för sig själv, som att ta promenader i naturen, måla varje dag, och att inte vara rädd för att ta sig tid för sina egna behov.

Ellen börjar konfrontera sina gamla sår och minnen från sin barndom. Hon hade växt upp i en dysfunktionell familj där hennes känslomässiga behov ofta förbises. Hennes relation med sin mamma var särskilt komplicerad; mamman hade varit sträng och kritisk, och Ellen kände sig ofta otillräcklig och oälskad.

Under en av sina samtal med Truls börjar Ellen öppna upp om dessa smärtsamma minnen. Truls lyssnar tålmodigt och berättar om sina egna erfarenheter av en svår barndom. Han förklarar att förlåtelse inte handlar om att förneka det som har hänt, utan om att släppa taget om den smärta som bärs med sig genom livet. Ellen förstår att hon inte behöver förlora sin historia, men att hon kan börja se på den med andra ögon, utan att låta den styra hennes liv längre.

Med Truls stöd börjar Ellen bearbeta de gamla såren och tillåta sig själv att känna sorgen och smärtan, istället för att trycka undan den. Hon inser att hon inte behöver bli den hon var som barn för att vara värdig kärlek och respekt. Långsamt börjar hon känna en lättnad när hon accepterar sitt förflutna utan att låta det definiera vem hon är nu.

När Ellen konfronterar sitt förflutna börjar hon också reflektera över sina egna val. Hon har levt mycket av sitt liv för andra, utan att fråga sig vad hon egentligen vill. Det har alltid handlat om att leva upp till andras förväntningar, och det har fått henne att känna sig förlorad och ensam.

I en av sina samtal med Truls, berättar hon om sin rädsla för att vara självisk, för att sätta sina egna behov i första hand. Truls förklarar att det inte är själviskt att ta hand om sig själv; snarare är det en förutsättning för att kunna vara där för andra. Ellen börjar förstå att hon kan vara den person hon vill vara, utan att behöva be om ursäkt för det. För första gången ser hon sitt eget värde, och hon bestämmer sig för att göra aktiva val för sin egen skull.

Ellen börjar sätta gränser på jobbet och i sina vänskapsrelationer, och hon vågar säga nej när något inte känns rätt för henne. Detta innebär en stor förändring i hennes liv, men hon känner också en känsla av frihet när hon börjar ta tillbaka kontrollen över sina egna beslut.

En av Ellens största utmaningar är att lära sig att lita på andra människor igen. Hon har alltid haft svårt att öppna sig för människor, rädd för att bli sårad. Men Truls är tålmodig och hjälper henne att se att det är genom att vara sårbar som man verkligen kan skapa djupa och meningsfulla relationer.

De börjar prata mer om sina känslor och behov, och Ellen inser att hon inte är ensam i sina rädslor. Truls berättar om de gånger han också varit rädd för att öppna sitt hjärta för andra, men att han har lärt sig att det inte är svaghet, utan mod. Ellen börjar sakta men säkert våga vara mer öppen, både mot Truls och mot sina andra vänner.

Efter månader av samtal och reflektion börjar Ellen känna en enorm förändring inom sig. Hon har inte bara börjat bearbeta sina inre demoner, utan också har hon återupptäckt sin egen förmåga att skapa och att känna glädje. Hon och Truls fortsätter att utveckla sin vänskap, och även om de båda är rädda för att förlora det fina band de har skapat, känner de en ömsesidig förståelse och respekt för varandra.

Ellen gör en stor förändring i sitt liv och bestämmer sig för att säga upp sig från sitt tråkiga kontorsjobb och följa sin passion för konst på heltid. Hon har äntligen förstått att det inte är för sent att förändras och att börja om. Hennes konst får nu en mer personlig och själfull ton, där hon använder sina egna upplevelser och känslor som inspiration.

Kapitel 2: Att släppas fri

Ellen har nu tagit det största steget i sitt liv – att följa sina drömmar och leva för sig själv. Hon har kontaktat ett galleri och ställer nu ut sina målningar för första gången. Känslan av att stå där och se andra människor uppskatta hennes konst är överväldigande. Truls är vid hennes sida, och för första gången på länge känner Ellen att hon är där hon ska vara.

Men med framgången kommer också nya utmaningar. Ellen har tagit det stora steget att börja arbeta som konstnär på heltid. Det har inte varit lätt – hon har stött på utmaningar med sin konstnärliga osäkerhet och är rädd för att inte kunna leva upp till sina egna förväntningar. För varje utställning och målning hon skapar, tvivlar hon på sin talang och sina val. I de tysta stunderna, när hon är ensam i sin lägenhet, känns allt hennes hårda arbete meningslöst.

Truls märker Ellens tvivel och erbjuder sitt stöd, men Ellen kämpar med att ta emot det. Hon har alltid varit den som klarat sig själv, och nu känns det som om hon håller på att kollapsa under sin egen osäkerhet. Truls påminner henne om att tvivel är en naturlig del av skapandeprocessen, och att det inte handlar om att vara perfekt – det handlar om att uttrycka sig själv och vara autentisk.

En dag när Truls och Ellen är ute på en av sina promenader genom staden, stannar de vid en liten bokhandel. Truls finner en bok om personlig utveckling och ger den till Ellen med en liten anteckning i boken: "För att påminna dig om att du är tillräcklig, precis som du är." Ellen får en känsla av värme i sitt hjärta. Hon inser att dessa små, ödmjuka gester av stöd är de som verkligen hjälper henne att växa. För första gången på länge känner hon sig verkligen sedd.

Ett ögonblick av ljus infinner sig när Ellen ställer sig framför sitt konstverk på en utställning och ser besökare beundra hennes arbete. Det är en påminnelse om att även om hon tvivlar på sig själv, finns det alltid människor som ser det hon har att ge. Ellen känner en växande tacksamhet för livet och för de små stunderna av glädje som hon försöker tillåta sig själv att uppleva.

Ellen har nu kommit till en plats där hon inte längre definierar sig själv genom sina tidigare smärtsamma upplevelser. Hon har börjat försonas med sitt förflutna och acceptera de delar av sig själv som hon tidigare förnekat. Försoning handlar inte om att glömma det som hänt, utan om att omfamna hela sin historia och förstå att varje erfarenhet har varit en del av den person hon är idag.

Ellen och Truls har växt både individuellt och som vänner. De drömmer om att öppna ett konstcenter där människor kan komma för att skapa, uttrycka sig och växa. Ellen har länge känt att hennes liv har haft ett syfte, men nu har hon funnit ett gemensamt syfte med Truls – att ge människor den friheten och det utrymmet att vara kreativa.

Ellen står efter månader av tveksamhet inför sitt livs största utmaning – en stor konstutställning som hon och Truls har arbetat med. Utställningen är inte bara en reflektion av hennes konstnärliga talang, utan också av den resa hon har gjort som människa. Hon känner en blandning av nervositet och spänning inför vad som kommer att hända. Kommer folk att uppskatta hennes arbete? Kommer hennes rädslor att hålla henne tillbaka?

Truls är vid hennes sida under hela processen, och han påminner henne om att det inte handlar om att få bekräftelse från andra, utan om att vara trogen sig själv och sitt arbete. När utställningen öppnar och folk samlas för att titta på hennes verk, känner

Ellen en enorm lättnad och stolthet. Det handlar inte längre om att vara perfekt, utan om att vara sårbar och autentisk.

Efter den framgångsrika utställningen känner Ellen att hon har kommit till en ny fas i sitt liv. Hon har inte bara funnit sitt kall som konstnär, utan hon har också byggt en stabil och kärleksfull relation med Truls. De har tillsammans skapat något vackert, både på det personliga planet och professionellt.

Ellen reflekterar över allt hon har lärt sig under sin resa. Hon har gått från att känna sig tom och förlorad till att finna sin plats i världen, både som konstnär och som en älskad människa. Hon har lärt sig att vara öppen för livet, för de glädjeämnen som finns i de små ögonblicken och för de människor som hon har fått möjlighet att dela sitt liv med.

Ellen står framför sitt senaste konstverk, en stor oljemålning som tar upp hela den ena väggen i hennes lilla ateljé. Det är en målning som speglar hennes inre värld – dyster och rörig, fylld med mörka färger och ojämna penseldrag. Hon har lagt ner timmar på att arbeta med den, men ändå känns det som om inget av det hon gör riktigt räcker till. Varje penseldrag känns otillräckligt, som om hon aldrig kan fånga den känsla hon vill uttrycka.

En kväll, när hon har målat hela dagen och ställt sig för att granska sitt arbete, känner hon en våg av tvivel skölja över sig. "Är jag verkligen en konstnär?" undrar hon för sig själv, stående i den kalla tystnaden av sitt eget hem. "Kanske alla bara spelar med. Kanske jag bara vill vara något jag inte är."

Frustrationen river i hennes bröst, och hon känner sig plötsligt helt utsatt. Truls är den enda person som ser hennes konst – och han har alltid varit uppmuntrande. Men även hans ord ger inte det lugn hon så desperat söker.

Kanske det inte är så enkelt att bara kasta bort sin osäkerhet. Kanske det finns något värde i att inte ge upp för tidigt. Hennes inre monolog känns som en storm som aldrig vill lägga sig. När Truls kommer på besök på kvällen, ser han på hennes verk, och innan han ens säger något, tar han hennes hand. "Det handlar inte om perfektion, Ellen. Det handlar om att uttrycka det du känner. Jag ser att du verkligen känner."

De samtalar i timmar om konstens kraft, om att vara sårbar, och om hur tvivel inte behöver vara en fiende, utan en del av processen. Truls berättar om sina egna kamper med osäkerhet i sitt eget yrkesliv och om hur han har lärt sig att omfamna sina tvivel istället för att fly från dem.

När kvällen går mot sitt slut, och Truls går hem, känns det som om Ellen har fått ett litet verktyg för att hantera sina tvivel. Inte för att de är borta, men för att hon har lärt sig att de inte definierar vem hon är. Hon har fortfarande långt kvar, men något i henne har förändrats – kanske är det början på något större än hon har trott.

En vecka senare har Ellen satt upp sin nästa utställning. Förberedelserna är hektiska – att arrangera sina verk, fixa belysning och planera detaljer för kvällens vernissage. Ändå finns det en känsla av förväntan som hon inte kan skaka av sig, som om hon borde vara rädd, men istället är det något annat – ett slags ro i hennes sinne.

På vernissagen, när de första gästerna börjar komma in, står hon vid dörren och försöker hålla sig lugn. Truls är där också, som sin självklara stöttepelare. De har inte talat mycket om förväntningarna, men Ellen känner att Truls är mer stolt än hon kan förstå. När folk börjar ge sina kommentarer om hennes arbete, ser hon inte bara de positiva reaktionerna utan även deras medföljande tystnad – som om de verkligen tar in vad hon försöker säga.

Vid ett tillfälle när en besökare säger: "Det här konstverket, det känns så ärligt", känner Ellen en värme sprida sig genom sitt bröst. För första gången förstår hon vad Truls menat – hennes konst är inte bara färger på en duk, den är en förlängning av henne själv. Det är inget hon skapat för att imponera, utan för att uttrycka sin egen inre värld. Det är den första riktiga känslan av stolthet hon någonsin haft för sig själv.

När kvällen lider mot sitt slut och alla gäster har gått, sitter Ellen tillsammans med Truls på den lilla uteserveringen nära galleriet. Mörkret har lagt sig över staden, men det känns som om det är mer än mörker omkring dem. Det känns som om de har funnit något nytt, något som är deras. Truls lutar sig tillbaka, hans blick mjuk. "Du har gjort det, Ellen. Du har hittat ditt ljus."

Och Ellen, för första gången på mycket länge, känner att hon kanske har funnit det också. Inte bara ljuset i sin konst, men också i sig själv.

Efter vernissagen fortsätter Ellen och Truls att spendera mer tid tillsammans, och deras relation fördjupas naturligt. Den intima vänskap de haft växer sakta, och båda är medvetna om förändringen men tvekar att sätta ord på den. Ellen känner sig osäker. Har detta varit något de alltid har haft, bara inte sett? Eller har något nytt väckts mellan dem som nu känns oundvikligt?

En kväll, när de går hem tillsammans efter att ha ätit middag på en liten restaurang i närheten, stannar de på en bro som sträcker sig över en glittrande flod. Stjärnorna reflekteras i vattnet, och en kall bris rör vid deras hud. Truls säger inget på ett tag, men när han till sist vänder sig mot Ellen, är det något i hans blick som får hennes hjärta att hoppa.

"Ellen," säger han tyst, "jag tror att jag har känt så här länge. Men jag ville inte att du skulle känna dig pressad. Jag... Jag har verkligen blivit förälskad i dig."

Det känns som om hela världen stannar för ett ögonblick. Ellen ser på honom, och för första gången inser hon att den känsla hon burit på länge, som varit i tyst samförstånd, också är något hon har känt hela tiden. Kanske är det inte så skrämmande som hon trott.

"Jag har också känt så," säger Ellen till sist, och hela hennes kropp känns lättare på något sätt. "Jag har bara inte vågat säga det."

Det är första gången de öppnar sig för varandra på detta sätt, och när deras läppar möts för första gången, känns det som om hela universum kollapsar kring dem. Det är den renaste form av samhörighet hon någonsin har upplevt – en kärlek som inte handlar om förväntningar, utan om att vara precis där, tillsammans.

Men kärleken är inte som på film, den är inte bara vacker. Efter månader av total eufori, fjärilar i magen och den där underbara känslan av att vara nykär; är det som att något skär i dem, ett obehag ingen av dem kan beskriva. Ellen, som alltid har varit känslig för att bli överväldigad av andras behov, känner att hon ibland tappar sig själv i förhållandet. Ibland blir hon osäker på om hon gör rätt. Truls, å andra sidan, har sina egna inre konflikter, som att han inte vill pressa Ellen för mycket.

En kväll efter många konflikter känns avståndet mellan dem tungt. Ellen känner sig ensam i sin osäkerhet, och Truls är tyst. Men på något sätt är detta en nödvändig process för dem båda. Att verkligen förstå varandras behov, att kommunicera utan att dölja det som gör ont, är den största utmaningen de båda står inför.

Men de inser båda att de kan bygga sin relation på en annan grund – en som handlar om att vara öppen, ärlig och att ge varandra utrymme att växa, både individuellt och tillsammans.

Det är genom den här processen av ömsesidig förståelse som deras relation blir starkare. Och när de till sist löser konflikter, känner de att deras band har fördjupats än mer.

Kapitel 3: Den inre friheten

Ellen har gått igenom så många faser av tvivel, rädsla och osäkerhet, men det känns som om en förändring har inträffat i henne. Den senaste tiden har hon upplevt en inre frihet, en känsla av att hon inte längre är fångad av sina egna negativa tankar. Det är som om hon har öppnat en dörr som länge stått låst. För första gången på länge känner hon sig lugn inuti, trots att världen runt omkring henne inte alltid är förutsägbar.

Det börjar på morgonen, när hon står vid sitt fönster och ser ut över staden som sakta vaknar. Den friska luften är klar, och solens första strålar sprider sig över gatorna. Ellen känner en genuin tacksamhet. Hon står där och andas in livet på ett sätt hon aldrig tidigare har gjort. Det är som om världen omkring henne har blivit vackrare och mer levande.

Det är lördag, Ellen och Truls har valt att ta en ledig dag, den första på länge. De sitter tillsammans på en parkbänk, det är en solig eftermiddag, och Truls berättar om sina egna reflektioner om livets gång. För honom handlar det om att släppa taget om kontrollen, att acceptera att han inte kan styra allt.

"Det handlar om att vara här, just nu, och njuta av det vi har", säger han med ett varmt leende.

Ellen tittar på honom och känner en ny sorts ödmjukhet. Det är som om hon nu förstår vad han menar. Allt detta jag har kämpat med, alla de mörka tankarna och tvivlen – det är inte det som definierar mig. Det är vad jag gör med dem. Just nu känner hon att hon vill leva, att vara fri från sina gamla rädslor. Hon släpper taget om sitt gamla jag, som var så bunden av sina osäkerheter.

Den inre friheten innebär inte att livet blir lättare eller problemfritt, men för Ellen handlar det om att förstå att hon har makt över sina tankar och känslor. Hon kan välja att vara närvarande, att släppa på kontrollen och att vara öppen för allt det vackra i världen. Truls har varit en viktig del av denna resa, och han stöttar henne i varje steg. Men nu vet Ellen att hennes frihet också är hennes eget val.

Förändringen i Ellen är påtaglig. Hon har kommit långt, men det finns fortfarande saker i hennes förflutna som behöver bearbetas. En sådan sak är hennes relation med sin mamma. De har inte haft en bra kontakt på flera år, och Ellen känner fortfarande en viss ilska och sorg över de gamla sår som aldrig riktigt har läkt.

Senare den kvällen tar Ellen mod till sig och ringer sin mamma. Hon har förberett sig på att konfrontera gamla känslor, men också på att ge sin mamma en chans att förklara sig. Samtalet är inte lätt – det är fyllt med tårar, tysta stunder och ord som inte alltid går att säga på ett enkelt sätt. Men för första gången på länge känner Ellen att hon kan vara öppen. Inte för att förlåta allt, men för att släppa taget om de gamla smärtorna. De bestämmer sig för att ses på en fika dagen efter.

Det är när de sitter på ett café och pratar om det förflutna, som Ellen inser att försoning inte handlar om att glömma. Det handlar om att förstå, att acceptera att människor gör misstag, och att det är okej att vara sårbar. Hennes mamma säger att hon alltid varit rädd för att förlora Ellen, och det här ögonblicket av ömsesidig sårbarhet får Ellen att känna en ny sorts förståelse för sin mamma. De gråter tillsammans, men inte av bitterhet längre. Det är inte förlåtelse för allt, men försoning.

När Ellen kommer hem senare den dagen känner hon sig lättare, som om hon har släppt en tung börda. För första gången på många år är det inte längre något som håller henne fast vid det förflutna. Hon vet nu att för att kunna gå vidare i livet, måste hon också förlåta det som var, för att släppa den smärta som har legat som en tung sten i hennes bröst.

Nu när Ellen har börjat acceptera både sig själv och sin bakgrund, börjar hon och Truls att prata om sina gemensamma framtidsdrömmar. Under hela deras tid tillsammans har de båda varit passionerade för konst och kreativitet. För Truls handlar det om att kunna skapa något meningsfullt, något som ska ge andra samma frihet han själv upplever när han målar. För Ellen handlar det om att hjälpa andra att hitta sitt eget uttryck genom konst.

Ellen har nu blivit en erkänd konstnär. Hennes arbeten har fått uppmärksamhet och respekt, inte bara för sin tekniska skicklighet, men för sin känslomässiga kraft. Det är som om hon äntligen har funnit sin plats i världen, både som konstnär och som människa.

Den största utställningen i hennes karriär närmar sig, och hela staden verkar vara medveten om hennes framgång. När hon och Truls besöker galleriet där hennes verk ska visas, känns det som om varje vägg är en spegel av hennes egen utveckling. Men i det här ögonblicket känner Ellen inte bara nervositet, utan också en känsla av stolthet och tacksamhet. Hon ser på sina verk med nya ögon – de är inte längre bara hennes egen kamp, utan en del av något större.

Under själva utställningen ser hon människor stå länge framför hennes verk, diskutera och uppskatta det på sätt som hon aldrig tidigare föreställt sig. När hon får höra att någon har blivit berörd av hennes arbete, känner hon en värme sprida sig genom hela kroppen. Det är som om hon inte längre målar bara för sig själv – hon målar för att uttrycka något som är större än henne själv.

Truls är vid hennes sida hela kvällen, och när de står tillsammans och ser på besökarnas reaktioner, känner Ellen en tår rinna nerför hennes kind. Det är inte en tår av sorg eller tvivel, utan av tacksamhet. Hon har kämpat för detta ögonblick, men nu vet hon att det var värt allt.

Efter den stora utställningen och de framgångar som följer, känner Ellen att hon har nått en ny fas i sitt liv. Hon har inte bara funnit sin väg som konstnär, utan hon har också funnit sig själv på ett sätt hon aldrig tidigare trott var möjligt. Hon och Truls har byggt en stark och kärleksfull relation, och deras gemensamma drömmar om konst och kreativitet har nu blivit en del av deras liv.

Ellen ser hur hennes egen konst har utvecklats till något mer – något som inte bara handlar om att skapa vackra målningar, utan om att beröra människors hjärtan och ge dem friheten att hitta sina egna röster.

När hon blickar ut över den nya framtid de bygger, känner Ellen en lugn inre vishet. Hon har övervunnit så många hinder och smärtor, men nu är hon här – i sitt eget liv, fullt av drömmar, kärlek och kreativitet och det är bara början.

Trots all framgång och förändring, känner Ellen fortfarande av gamla mönster av osäkerhet och självhat. Hennes framgång har gett henne en yttre bekräftelse, men de inre tvivlen har inte försvunnit. Under en period börjar hon känna sig överväldigad, som om allting hon har byggt på är för skört. Tankarna på att hon inte är värdig sin framgång smyger sig på igen. Känslorna av stolthet och förtvivlan sveper om varandra och Ellens mående går upp och ned likt en berg-och dalbana i högsta hastighet.

En kväll, efter att ha hållt i en föreläsning om konst och kreativitet på deras center, går Ellen ensam hem. Gatan är lugn, men hennes sinne är stormigt.

Hon börjar känna en gnagande känsla av tomhet – en känsla av att hon inte vet vad nästa steg är. Truls har inte varit på samma plats, har varit upptagen med egna projekt, och Ellen känner sig på något sätt ensam i sitt eget huvud.

När hon kommer hem sätter hon sig i sin soffa och stirrar på sina målningar. Plötsligt känns det som om hon har byggt hela sitt liv på en lögn. "Vad händer om jag bara inte kan hålla det här uppe?" undrar hon i mörkret. "Vad om alla bara väntar på att jag ska falla?"

Det är en av de svåraste kvällarna för Ellen på länge. Hon försöker kämpa emot tankarna, men de är för starka. Trots alla sina framsteg och den kärlek och bekräftelse hon fått, känns det som om ingenting betyder något om hon inte kan känna sig hel på insidan.

Kapitel 4: Konfrontationen med sig själv

Nästa dag, när Truls kommer över för att spendera tid tillsammans, ser han på Ellen med en orolig blick. Han har känt att något är fel. Han tar försiktigt hennes hand och säger: "Ellen, jag ser att du inte mår bra. Vad är det som pågår egentligen?"

Ellen, som alltid varit den som håller sina känslor för sig själv, försöker först dölja sina tvivel. Men till slut, under Truls varma och ödmjuka blick, brister hon. Tårarna börjar rinna, och alla de känslor av otillräcklighet som hon burit på exploderar. Hon berättar om sina rädslor – om känslan att vara på väg att förlora allt hon byggt upp, om tvivlen på sin egen värdighet, och om hur hon ibland känner sig helt osynlig trots all uppmärksamhet och framgång.

Truls lyssnar tålmodigt, utan att avbryta. Han förstår att detta är en del av Ellens resa, en del av att vara människa. "Ellen," säger han till slut, "vi kommer inte undan våra inre demoner. Men vi kan lära oss att hantera dem. Vi kan göra det tillsammans. Det finns inget jag hellre vill än att vara där för dig."

Ellen känner en lättnad som hon inte kan beskriva. Att dela sina innersta rädslor med Truls, utan att känna sig dömd, är som en befrielse. Hon inser att den enda vägen framåt är att fortsätta vara ärlig med sig själv och de människor som betyder mest för henne. Hon kan inte bära allt på egen hand.

Efter sin öppenhet gentemot Truls börjar Ellen inse att hon måste ge sig själv utrymme att andas. Hon har hela tiden kämpat för att bevisa sitt värde genom sitt arbete och sina prestationer, men det har blivit för mycket. Truls föreslår att de tar en paus från allt arbete och bara spenderar tid tillsammans, utan någon press.

En helg beslutar de sig för att åka bort till en liten stuga vid kusten, bortom all stadsbrus och krav. Ellen känner först en viss oro. Vad kommer hända om hon inte jobbar? Vad kommer hända om hon inte presterar? Men så småningom börjar hon känna hur ångesten släpper sitt grepp. De spenderar sina dagar med att gå på promenader, simma i havet och bara vara i nuet. Ellen lär sig att inte hela tiden behöva fylla sitt liv med produktivitet och prestation. Det är okej att vara, bara vara.

Under dessa dagar lär hon sig att vila och återhämta sig på riktigt. Truls, som alltid har varit mer avslappnad, hjälper henne att förstå vikten av att ge sig själv tillåtelse att vara mänsklig. Det finns ingen prestation som krävs för att vara värdefull.

Ellen förstår att det är okej att inte vara perfekt hela tiden.

Det är under denna paus som Ellen börjar känna en djupare tillit till sig själv och sitt eget värde. Hon börjar se att hon inte behöver arbeta hela tiden för att vara älskad eller bekräftad. Hennes inre värde är inte beroende av vad hon gör, utan av den hon är.

När de kommer hem från sin resa har Ellen fått en ny förståelse för sitt eget liv. Hon känner sig inte längre som en fånge i sina egna tankar, utan som en person som kan vara öppen och fri, både för sig själv och för andra. Hon har blivit vän med sina inre mörka hörn, och även om de fortfarande finns där, är de lite mindre skrämmande, iallafall just nu.

Ellen och Truls fortsätter att arbeta på sitt konstcenter, och det går bättre än någonsin. Människor söker sig till deras plats för att hitta sitt eget kreativa uttryck. Ellen ser hur hennes egen konst fortsätter att utvecklas, inte bara som en form av självuttryck, utan som ett sätt att nå andra på en djupare nivå. Hon målar nu mer än någonsin innan, och varje penseldrag känns mer autentiskt än det förra.

En dag när hon står vid sitt staffli och ser på sitt senaste verk – ett stort landskap som speglar hennes inre resa, full av ljus och mörka nyanser – känner hon en enorm tacksamhet. Hon ser på Truls, som står vid dörren och tittar på henne med ett stolt leende.

"Vi har kommit långt," säger han, och Ellen nickar. "Vi kommer att fortsätta."

De har byggt sitt liv tillsammans, inte genom att förneka sina smärtor eller rädslor, utan genom att möta dem och växa från dem. Tillsammans, med ömsesidig förståelse, kärlek och mod, har de skapat en framtid fylld av oändliga möjligheter.

Efter helgen vid kusten, har Ellen blivit mer medveten om sina inre mekanismer och vad som triggar hennes ångest. Det är som om ett lager av dimma har lyfts bort från hennes sinne, och hon börjar se saker mer klart än tidigare. Men det är fortfarande en kamp. Den gamla vanan att överanalysera och ifrågasätta varje val hon gör är inte lätt att bryta. Vissa dagar känner hon sig nästan som en annan person – någon hon inte känner igen. Men den nya Ellen börjar sakta göra sig mer synlig.

Den största förändringen för Ellen sker i hennes arbete på konstcentret. Tidigare hade hon känslomässigt distanserat sig från sina egna känslor när hon skapade. Konsten var ett sätt att bearbeta, men också ett sätt att skydda sig själv från att visa för mycket av sin inre värld. Nu börjar hon närma sig sin konst på ett mer autentiskt sätt. Hon tillåter sig själv att känna alla de komplicerade, svåra och mörka känslorna – och använder dessa känslor i sitt skapande.

När hon står framför sitt staffli en sen eftermiddag, målningarna sprakar i en blandning av färger som representerar hennes inre värld. Den här gången är det ingen rädsla för att visa sina sår, för hon förstår nu att sår också är en del av henne – en del av hennes liv, hennes resa. När hon blandar de mörka färgerna på paletten känner hon en sorts styrka komma inifrån, en förståelse för att hon inte behöver dölja sina känslor längre. Det är okej att vara hel och trasig på samma gång.

Truls ser på henne när hon arbetar. Han har alltid beundrat hennes konst, men nu ser han också den förvandling hon genomgår. Han ser inte längre bara en konstnär som skapar för att uttrycka sig. Han ser en kvinna som accepterar sina sår och använder dem för att bygga något vackert. Det fyller honom med respekt och beundran för Ellen.

"Det är fantastiskt att se dig på det här sättet," säger han en kväll när de sitter tillsammans i ateljén. "Du har verkligen förändrats, Ellen."

Ellen tittar på honom, och en värme sprider sig i bröstet. "Jag har nog inte förändrats så mycket egentligen," säger hon mjukt. "Jag har bara släppt på alla de saker jag trott jag måste vara."

Trots all framgång med konstcentret, känns det som om Ellen har nått en ny nivå av osäkerhet. Nu när hon har börjat släppa taget om sin rädsla för att inte vara tillräcklig, står hon inför en ny utmaning: att hitta en balans mellan det hon känner för sin konst och sitt ansvar som ledare för konstcentret.

En dag, när Ellen och Truls sitter på en av de mjuka sofforna i konstcentret, kommer en kvinna vid namn Karin fram till dem. Karin är en av de mer etablerade konstnärerna i staden och har blivit en del av konstcentret som mentor för de yngre konstnärerna.

"Kanske ni borde tänka på att ta ert projekt till nästa nivå," säger Karin. "Jag har många kontakter som kan ge er möjligheter att växa internationellt. Det finns ett stort intresse för konstprojekt som det här, och jag tror att ni skulle kunna få ett fantastiskt stöd om ni ville bredda er vision."

Ellen känner en viss nervositet när hon hör Karin tala om det, men också en växande känsla av spänning. Tanken på att växa och nå en bredare publik skrämmer henne på ett sätt, men samtidigt lockar den henne. För Truls är detta en fantastisk möjlighet att verkligen göra ett avtryck på konstvärlden. Han har alltid drömt om att deras centrum skulle vara mer än bara en lokal plats – han har velat se det växa, bli något större, något som kan ge tillbaka till världen.

Men Ellen är tveksam. "Men vad händer om vi tappar vårt syfte?" säger hon, nästan rädd för att förlora det personliga, det intima med deras arbete. "Vad händer om vi förlorar det vi egentligen vill uttrycka för att försöka passa in i en förutbestämd bild av framgång?"

Truls tar hennes hand och ser på henne. "Det handlar inte om att förändras för andras skull. Det handlar om att låta vår passion och vårt budskap nå fler människor. Vi kan behålla vårt syfte och ändå växa."

Ellen känner att Truls ord är rätt. Hon har lärt sig att vara sann mot sig själv, och det är just denna sanningsenlighet som kommer att hålla deras projekt intakt, oavsett hur stort det blir. Tanken på att använda sin konst för att nå fler människor, att inspirera och ge hopp till andra, väcker något nytt inom henne.

Kapitel 5: Att våga älska djupt

Ellen och Truls har nu varit tillsammans i flera år, och deras förhållande har vuxit i en takt som de aldrig hade kunnat förutse. Deras band är djupt, men också nyanserat. De har lärt sig att vara öppna för sina rädslor och osäkerheter och att alltid stå vid varandras sida, även när livet känns svårt. Men den största utmaningen för Ellen har alltid varit att helt och hållet ge sig hän åt kärleken.

Trots att hon och Truls har haft en fantastisk relation, har Ellen alltid haft en liten vägg runt sitt hjärta, en vägg som hindrat henne från att fullt ut släppa taget. Hon har varit rädd för att förlora honom, rädd för att inte vara tillräcklig, rädd för att bli sårbar på ett sätt hon inte riktigt kan kontrollera.

En kväll, när de sitter på deras balkong och ser på stjärnorna, vänder Truls sig mot Ellen. Hans blick är allvarlig men också full av värme.

"Ellen," säger han försiktigt, "jag älskar dig, du vet det va? Jag vill att vi ska fortsätta bygga vårt liv tillsammans, men jag vet också att du bär på en rädsla. Rädsla för att bli förlorad, för att inte vara nog. Jag ser den i dig ibland, och det gör mig ont.

Men jag vill att du ska veta att du är mer än nog, du är den jag vill ha vid min sida för alltid."

Ellen känner en klump i halsen, och en tår rinner sakta ner för hennes kind. Det är först nu som hon förstår – den vägg hon byggt upp har hindrat henne från att ta emot den kärlek som har funnits där hela tiden. Hon har varit rädd för att ge sig själv till honom fullt ut, men nu förstår hon att sann kärlek innebär att vara sårbar, att vara öppen.

"Jag älskar dig också, Truls," säger hon, och känner hur en lättnad sprider sig genom hela kroppen. "Jag vill vara mer öppen. Jag vill verkligen kunna ge mig själv till dig, för jag vet att du inte kommer att lämna mig."

Truls drar henne nära och håller om henne, och Ellen känner för första gången på länge att hon är fullständig. Att ge sig hän åt kärleken betyder inte att hon tappar sig själv – snarare att hon hittar hela sin potential, både som individ och som del av något större.

Även om Ellen har kommit långt på sin inre resa, finns det stunder då det känns som om gamla spöken väcks till liv. En dag, när hon går igenom sina gamla dagböcker, finner hon en text från en svunnen tid. Det är en notering om hur hon kände sig hopplös och otillräcklig, en känsla som hon trodde hon hade lämnat bakom sig. Men nu, när hon läser, kan hon inte förneka att vissa av de gamla känslorna fortfarande finns där.

Ellen reflekterar länge på sina känslor och inser att det är en del av processen att läka – att man aldrig riktigt lämnar sina gamla sår, men att man lär sig att leva med dem på ett sätt som inte styr ens liv. Hon har försonats med sina mörkaste stunder, och nu förstår hon att det är okej att ha dagar då smärtan kommer tillbaka. Det är en påminnelse om hur långt hon har kommit.

Med den insikten tar Ellen en ny riktning i sitt liv och konstnärskap. Hon fortsätter att måla, inte för att vara "bra nog", utan för att uttrycka hela sitt jag – inklusive sina sår och sin styrka. Och när hon ser tillbaka på sin resa, känner hon en djup tacksamhet för allt hon har lärt sig.

Ellen och Truls har nu också arbetat tillsammans i flera år och har genomgått en hel del förändringar. Deras konstcenter har vuxit och blivit en samlingsplats för människor från olika delar av världen. De har lyckats skapa en plats där människor inte bara får uttrycka sin konst, utan också hittar en gemenskap, där såriga delar av deras liv kan bli till konst, och där nya perspektiv på livet föds.

Trots allt det som de har åstadkommit tillsammans, står Ellen fortfarande inför sina inre strider. Den största utmaningen för henne är att hitta en balans mellan att vara en del av projektet och att hålla sig sann mot sig själv. Truls har alltid varit den drivande kraften i deras relation, men Ellen börjar känna att hon måste hitta sin egen väg för att kunna fortsätta växa, både som konstnär och människa.

En kväll när de sitter på deras balkong och ser på solnedgången, känner Ellen att det är dags att prata om sina känslor. Det har byggts upp en tystnad mellan dem, inte på ett negativt sätt, men mer som en samling av alla små tvivel och osäkerheter som har legat under ytan.

"Truls, jag måste prata om något," säger Ellen, och hennes röst är låg och allvarlig.

Truls ser på henne, hans ögon fulla av förståelse. "Självklart, vad är det?"

Ellen tar ett djupt andetag och tittar på honom, med en känsla av att det här samtalet kan förändra något viktigt. "Jag har känt på sistone att jag inte riktigt vet vad mitt eget liv handlar om längre. Jag har varit så fokuserad på att bygga det här projektet, att jag har glömt bort mig själv på vägen. Jag vill inte vara den som förlorar sig i något för att jag inte vågar följa mina egna drömmar."

Truls ler milt och nickar. "Jag förstår. Jag har sett det också. Du har varit så passionerad för vårt arbete här, men det är klart att du måste få utrymme för dina egna visioner också."

Ellen känner en lättnad i bröstet när hon hör hans ord. Det känns som om en stor sten har lyfts från hennes hjärta. Truls har alltid stöttat henne, men nu känns det som om han verkligen ser henne på ett djupare plan. "Jag vet inte vad jag vill exakt, men jag känner att jag måste hitta det igen. Jag behöver mer tid att fokusera på min egen konst, på mina egna uttryck, utan att hela tiden känna att jag ska vara någon annan."

"Jag stöder dig, Ellen," säger Truls och tar hennes hand. "Du måste vara sann mot dig själv. Vi har byggt detta tillsammans, men du behöver också ge utrymme för din egen väg. Jag kommer att vara här, oavsett vad du väljer."

Det är det Truls säger som ger Ellen mod. För första gången på länge känner hon sig inte fast i ett förväntat mönster eller en bild av vad hon borde vara. Hon känner att hon kan stå på egna ben, samtidigt som hon fortfarande är en del av något större. Den insikten är befriande.

Ellen bestämmer sig för att ta en paus från de administrativa uppgifterna på konstcentret för att ge sig själv mer tid för sitt eget konstnärliga skapande. Hon börjar fokusera mer på sina egna verk, som tidigare blivit satt på paus. Hon har lärt sig att släppa kontrollen, att vara mer spontan i sitt skapande. Konsten känns plötsligt fri och oförutsägbar, på ett sätt som den inte gjorde tidigare.

En morgon när Ellen står framför sitt staffli, ser hon på sitt senaste verk och inser något betydelsefullt. Hennes konst har utvecklats, inte bara tekniskt, utan också på ett djupare plan. Hennes penseldrag har blivit mer självsäkra, mer direkta. Hon målar för sig själv.

Truls märker förändringen i Ellen, och en kväll när de sitter tillsammans, säger han: "Du har verkligen hittat något. Dina målningar nu – de känns så levande. Det är som om du äntligen har hittat ditt eget språk, din egen röst."

Ellen ler och känner värmen sprida sig i kroppen. Hon har kämpat med att hitta den där rösten, den där autenticiteten. "Det känns verkligen som att jag har hittat något nytt," svarar hon. "Som om jag har släppt på något som jag tidigare höll fast vid. Jag målar nu inte för någon annan, utan för mig själv."

Trots sina framsteg och sin nya känsla av autenticitet, står Ellen inför ytterligare en utmaning: att våga vara i processen, att inte alltid söka resultatet. Hennes gamla mönster att vilja ha kontroll och att känna att allt måste vara "perfekt" dyker upp, men hon är nu mer medveten om dessa tankar och känslor. Hon har lärt sig att släppa taget, att inte känna att allt måste vara klart eller definierat på en gång.

En eftermiddag när hon och Truls går igenom några gamla konstverk som hänger på väggarna i deras centrum, slår det henne att hennes egen utveckling som konstnär speglar hela hennes inre resa. När hon ser på sina tidigare målningar, ser hon hur de har förändrats, hur de har vuxit i takt med hennes eget liv. Konsten har blivit en karta för hennes inre tillstånd – från de mörkare perioderna till de ljusare.

"Du har verkligen kommit långt," säger Truls och ser på hennes tidigare verk. "De här verken är så fulla av känsla, men du har också blivit mycket mer fri i din teknik. Det känns som om du inte längre är rädd för att släppa taget."

Ellen nickar och känner en djup tacksamhet. "Jag övar på att vara i processen, att inte alltid känna att jag måste veta exakt vad jag gör. Det är som att släppa kontrollen och bara följa flödet, utan att vara rädd för att det inte blir som jag tänkt mig."

Kapitel 6: Ett nytt perspektiv

Nu när Ellen har funnit en bättre balans i sitt liv – där hennes konst och hennes inre resa går hand i hand – börjar hon se på världen med nya ögon. Hon ser på människor, på deras rädslor och drömmar, med en större förståelse än tidigare. Hon har blivit mer empatisk, mer medveten om hur andra människor också bär sina egna tunga bagage, och hur dessa erfarenheter kan bli till konst om de får den rätta friheten.

En dag, efter en konstutställning där hon visat sina nya verk, kommer en ung kvinna fram till Ellen. Kvinnan ser rörd ut när hon tittar på en särskild målning av Ellen – ett verk som skildrar en person som står ensam vid havet, omgiven av mörka, stormiga färger.

"Det här verket talade till mig på ett sätt som jag inte riktigt kan förklara," säger kvinnan med tårar i ögonen. "Det känns som om du målat något som jag har känt hela mitt liv, som om jag ser mig själv i den bilden."

Ellen blir tyst och rörd av kvinnans ord. Det är första gången någon har sagt att hennes konst har haft den effekten på dem. Hon inser att hennes egna erfarenheter och smärtor har blivit en källa till läkning för andra. Genom sin konst kan hon beröra människors liv på ett sätt som hon aldrig tidigare förstått.

"Det betyder mer än du kan ana," svarar Ellen mjukt och känner hur en djupare mening infinner sig i hennes arbete.

Ellen har nu nått en punkt i sitt liv där hon inte längre söker bekräftelse eller yttre framgång för att känna att hon är värdig. Hon har accepterat sin resa, sina brister och sin styrka. Hennes konst är inte längre en flykt eller ett sätt att bearbeta smärta, utan en fullständig reflektion av den hon är och det liv hon har levt.

När Ellen och Truls blickar framåt, ser de en framtid som är öppen och fylld med möjligheter. Det finns inget slutmål längre – bara en ständig rörelse framåt, där de båda kan fortsätta att växa, både individuellt och tillsammans. För första gången känner Ellen sig trygg i att livet inte alltid handlar om att ha kontroll, utan om att vara öppen för det som kommer och vara sann mot sig själv.

Ellen och Truls står tillsammans vid konstcentret, där de ser på sitt arbete och på de många människor som har berikats av deras gemensamma dröm. Ellen vet att det inte finns något större äventyr än att våga vara sig själv och skapa livet på de egna villkoren.

Det är tidigt på morgonen, och Ellen sitter vid sitt fönster, tittar ut på den stilla staden. Solen har precis börjat stiga över horisonten, och världen verkar stilla, nästan orörlig. Men inom henne är det en annan känsla. Det är en känsla av både förväntan och oro. Hon har vuxit mycket på sistone, men det är också något som ligger kvar under ytan. Ett stort tomrum, ett obestämt hål, som ibland får henne att känna att all den framgång och lycka hon har just nu inte är tillräcklig.

Under de senaste månaderna har Ellen upplevt fler stunder av klarhet än någonsin tidigare. Hennes konst har blomstrat, och hon har fått möjligheten att visa sina verk på internationella utställningar. Men ibland smyger sig gamla känslor av otillräcklighet på – en känsla som hon trodde att hon hade övervunnit för länge sedan.

Hennes barndom var fylld av känslomässig övergivenhet. Hennes föräldrar var frånvarande, inte på grund av någon direkt brist på kärlek, men på grund av sin egen oförmåga att ge henne den trygghet hon behövde. Hennes far var alltid upptagen med sitt arbete, och hennes mor var innesluten i sina egna psykiska strider. Ellen växte upp med en känsla av att vara osynlig, som om hennes behov och känslor inte riktigt var viktiga.

När Ellen tänker på detta, känner hon hur gamla sår öppnas. Hon har byggt upp sig själv till att bli den kvinna hon är idag, men det är svårt att helt lämna sitt förflutna bakom sig. Det är svårt att inte känna att någonstans, djupt inuti, finns det en del av henne som fortfarande är den lilla flickan som inte kände sig älskad.

Ibland undrar Ellen om det någonsin kommer att försvinna, om denna känsla av osynlighet någonsin kommer att släppa taget om henne. Men hon vet också att hon har vuxit, och hon förstår nu att det inte handlar om att bli "frisk" eller "hel", utan om att förstå och acceptera sin historia, för att kunna fortsätta framåt.

Ett par veckor senare får Ellen ett telefonsamtal som förändrar allt. Det är en kvinna från en psykologisk institution där hennes mamma tillbringade många år i behandling, en kvinna som Ellen inte har hört från på åratal. Kvinnan berättar att hennes mamma är på väg att genomgå en allvarlig operation, och att hennes tillstånd är kritiskt. Det är en chock för Ellen, en känsla av att hela världen stannar upp. Hon har inte haft någon kontakt med sin mamma sedan den där försoningsträffen på caféet, och den här nyheten river upp gamla känslor.

Ellen är osäker på vad hon ska göra. Hon har kämpat så länge för att lägga sitt förflutna bakom sig, för att hitta sin egen väg och skapa ett liv där hon inte är fångad av sina barndomstrauman. Men den här nyheten tvingar henne att konfrontera något som hon har förträngt – en relation som aldrig blev som hon hoppades, och som kanske aldrig kommer att bli det. Trots den försoning som skedde en tid tillbaka, har relationen mellan Ellen och hennes mamma inte förändrats särskilt. Vad ska hon göra? Hur ska hon tänka?

Truls märker snabbt att något är fel. Ellen har alltid varit öppen och uppriktig med honom om sina känslomässiga utmaningar, men denna gång är hon mer tystlåten än vanligt. Han ser på henne när hon sitter vid sitt skrivbord, tittar på sin telefon, osäker på vad hon ska göra.

"Vad är det, Ellen?" frågar han försiktigt, hans röst fylld av oro.

Ellen vänder sig mot honom, och för första gången på länge känner hon att hon kanske inte kan hantera allt själv. "Min mamma är sjuk," säger hon, och hennes röst brister. "De säger att det är allvarligt, att hon kanske inte klarar det. Jag vet inte vad jag ska känna. Jag har inte pratat med henne på så många år och trots försoning har vi aldrig fått den relation jag önskat, och nu... nu kanske det är för sent."

Truls går fram till henne och sätter sig bredvid henne. Han tar hennes hand och håller den mjukt. "Det finns inget rätt eller fel i hur du känner," säger han. "Du måste göra det som känns rätt för dig. Men jag finns här för dig, oavsett vad du väljer."

Ellen känner en värme sprida sig genom kroppen. Truls har alltid varit den som har stöttat henne i de tuffaste stunderna, men denna gång känns det extra viktigt. Det är inte bara hans stöd hon behöver – det är också hans trygghet. Han påminner henne om att hon inte behöver göra detta ensam.

Efter en lång natt av grubblerier och oro, bestämmer Ellen sig för att åka till sjukhuset. Hon känner en blandning av ångest och lättnad. När hon träffar sin mamma på sjukhuset, är det som att tiden har stått stilla. Hennes mamma ligger i sängen, svag och sjuk, men när deras blickar möts, finns det något där – en glimt av den försoning och förståelse de skapat.

För en stund är det som om de båda förlorat sig själva i åren av avstånd, men i detta ögonblick finns det något som binder dem samman. Ellen känner en blandning av känslor – en viss ilska över att hennes mamma inte varit där för henne när hon behövde henne som mest, men också en sorg över den förlorade tid som aldrig kan återfås.

"Jag är här nu," säger Ellen, och hennes röst är mjuk men stadig. "Jag vet att vi inte har haft det lätt, men jag hoppas att vi kan försöka hitta varandra igen. Om vi har tid."

Mamman tittar på henne med en blick full av ånger, och för första gången på länge ser Ellen en glimt av den kvinna som var hennes mamma – den kvinna som var osäker, skör, och som inte visste hur hon skulle hantera livet.

"Jag har ångrat så mycket," säger mamman svagt. "Jag önskar att jag kunde ha varit en bättre mamma för dig, Ellen. Jag önskar att jag kunde ha gjort det annorlunda."

"Jag vet mamma, jag har förlåtit dig." Svarar Ellen och tar sin mammas hand.

De kommande dagarna spenderar Ellen mycket tid vid sjukhussängen, men också mycket tid med att bearbeta sina egna känslor. Truls finns där hela vägen, hans närvaro en trygghet, men också en påminnelse om att hon inte behöver vara ensam i detta. Hans stöd är ovärderligt, men han ger också Ellen det utrymme hon behöver för att förstå sina egna känslor.

Under dessa dagar på sjukhuset förstår Ellen mer än någonsin att hennes kamp för att hitta sig själv inte handlar om att bli "hel" eller "perfekt", utan om att acceptera allt hon har varit, och allt hon fortfarande är. Att släppa taget om rädslor, förlåta det förflutna, och förstå att allt är en del av den resa som har format henne.

När hennes mamma till slut går bort, är det med en känsla av både sorg och befrielse. Ellen har kanske inte fått den relation hon alltid hade önskat, men hon har fått något ännu viktigare – en förståelse för att hon är mer än sitt förflutna. När hon ser på Truls, vet hon att hon inte längre är den där lilla flickan som inte kände sig älskad. Hon är en kvinna som har funnit sin egen väg, sin egen styrka – och som har förmågan att älska, både sig själv och andra, på ett nytt och djupare sätt.

De dagar som följer efter hennes mammas bortgång är fyllda av sorg, men också en känsla av frigörelse. För första gången på länge känner Ellen att hon inte bär på den tunga bördan av osäkerhet och förlorade chanser. Sorgen är inte lätt att bära, men det finns en oväntad lättnad i att veta att hon har gjort allt hon kunnat för att förstå och förlåta det förflutna. Den gamla relationen med sin mamma, som alltid varit komplicerad, har fått sitt slut, men Ellen har funnit frid genom att acceptera de ofullständiga delarna.

Truls är där, som han alltid har varit, men nu ser Ellen att hans närvaro är något mer än bara ett stöd. Han är en påminnelse om hur långt hon har kommit, hur mycket hon har vuxit. När de sitter tillsammans på kvällen, en lugn och stilla stund, kan Ellen inte undgå att känna hur deras band har fördjupats.

"Ibland känns det som om man inte kan gå vidare, som om vissa sår aldrig kommer att läka," säger Ellen tyst, stirrande på stjärnorna som fyller himlen över deras hus.

Truls, som har sett Ellen gå igenom så mycket, ser på henne med sina varma ögon. "Det är okej att känna så. Det betyder inte att du inte har läkt. Det betyder bara att vissa saker tar längre tid. Men du har kommit så långt, Ellen. Du har funnit en plats för förlåtelse, inte för att du förlorat någon, men för att du har släppt taget om smärtan."

Ellen nickar. Han har rätt. Förlåtelse handlar inte om att förneka smärtan eller att säga att allt var okej. Det handlar om att förstå att vissa saker inte kan förändras, men att man själv har makten att skapa sin egen framtid, oavsett vad som har hänt. Att förlåta är att frigöra sig själv.

Kapitel 7: Den konstnärliga resan

Ellen återvänder till sitt konstnärliga arbete med en ny energi. I tidigare perioder har konst varit en flykt från smärta, ett sätt att bearbeta alla de känslor som var för svåra att uttrycka verbalt. Men nu, efter sin mammas bortgång och alla de känslor som den händelsen har väckt, har Ellen fått en ny förståelse för vad konst verkligen är. Det är inte bara ett uttryck för smärta, utan också en plats för helande, en plats för att förnya sig själv.

En dag, medan hon arbetar på en ny målning, känner hon en intensitet i sina penseldrag. Det är inte som tidigare, när hon kände sig osäker och rädd för att göra fel. Nu känns varje penseldrag som en bekräftelse på hennes frihet. Hon har släppt taget om det gamla sättet att tänka på konst. Hon känner sig inte längre fångad i idéer om perfektion eller vad som förväntas av henne. Istället tillåter hon sina känslor att styra. Färgerna på duken flödar och blandas på ett sätt som känns helt spontant, helt äkta.

När Truls ser det senaste verket, ett kraftfullt porträtt av en kvinna som står på en klippa vid havet, ser han den förändring som har skett i Ellen. Det är inte längre en bild som försöker fånga en viss känsla eller situation. Det är en bild av styrka, av ett självsäkert uttryck, av någon som har accepterat sitt förflutna och nu står stadigt i nuet.

"Det här är... fantastiskt," säger Truls och ser på verket med en förundrad blick. "Det är så mycket mer än en målning. Det känns som om du har kanaliserat något större, något som inte bara handlar om din egen resa, utan om hela människans kamp för att finna sitt sanna jag."

Ett par veckor senare, på en av deras utställningar, står Ellen inför ett av sina mest utmanande ögonblick. Hon har just sett en äldre man stå vid sitt verk, helt tagen av en av hennes målningar. När den äldre mannen ser på bilden, ser Ellen hur han blir rörd. Inte bara för att verket är vackert, utan för att han verkar känna en djupare koppling till det – nästan som om målningen ger honom en känsla av tröst.

När den äldre mannen till slut går fram till Ellen, säger hon: "Jag vet inte vad det är, men det här verket... det känns som om du har målat något som jag har känt hela mitt liv. Jag har varit så rädd att känna alla dessa saker, men nu känns det som om du har gett mig ett sätt att förstå mig själv."

Ellen känner tårarna bränna i ögonen. Detta är andra gången hon fått höra en sådan kommentar. Det här är den största gåvan hennes konst kan ge – inte att vara vacker eller tekniskt perfekt, utan att ha förmågan att beröra någon på ett djupt och känslomässigt sätt. Det är inte bara ett uttryck av hennes egna smärtor längre, utan ett sätt att kommunicera universella känslor – känslor som vi alla delar, men som ibland är för svåra att sätta ord på.

När Ellen och Truls blickar framåt, ser de en framtid som är fylld med både möjligheter och utmaningar. De har tillsammans skapat en plats för kreativt uttryck, men nu börjar Ellen känna att det är dags att utvidga sin egen verksamhet ytterligare. Hon funderar på att starta en konstskola, en plats där unga konstnärer kan lära sig att uttrycka sig utan rädsla för att misslyckas eller bli bedömda. Hon vill ge vidare den frihet hon själv har funnit genom sin konst, och hjälpa andra att förstå att konst inte handlar om att vara perfekt – det handlar om att vara sann mot sig själv.

Men det handlar inte bara om konsten. Det handlar om livet, om att verkligen förstå och acceptera sig själv. Ellen vet att hennes resa aldrig kommer att vara helt enkel eller linjär, men för första gången på länge känner hon att hon har kraften att forma sitt eget öde. Tillsammans med Truls har hon funnit en balans mellan att ge och ta emot, mellan att vara en del av något större och att vara sann mot sig själv.

Även om hon fortfarande har sina inre strider, vet hon att hon inte behöver vara ensam. Truls står vid hennes sida, inte som en räddning, men som en partner, en som påminner henne om att livet – och konsten – är en resa. På den resan har Ellen lärt sig att, även i de mörkaste stunderna, finns det en möjlighet att hitta ljuset.

Ellen låg i sängen den natten, men sömnen kom aldrig. Tanken på sin mamma – hennes bortgång, den smärtsamma förlusten och den känsla av förlåtelse som Ellen långsamt börjat bygga – var som ett tryck mot hennes bröst. Sorgen var inte en sådan som var lätt att hantera. Det var som om hon var fångad i en dimma, där varje andetag var fyllt av både saknad och lättnad, två motsatta krafter som drogs åt olika håll. Det var en lättnad över att veta att hon inte längre behövde bära de tunga, gamla känslorna av svek, men samtidigt en sorg över alla de år som gått förlorade.

Men något inom henne hade förändrats. Sorgen kändes inte längre som en kvävande, förlamande kraft. Det var som om smärtan, istället för att hålla henne fast, började öppna nya dörrar i hennes själ – dörrar till en djupare förståelse, inte bara om sin mamma, utan om sig själv.

Ellen hade alltid förnekat vissa delar av sin egen historia, förnekat smärtan från barndomen, för att undvika att möta de mörka delarna av sitt eget hjärta. Men nu, efter att ha stått vid sin mammas sida under den sista tiden, förstod Ellen något mycket djupare. Förlusten av sin mamma var inte bara en avslutning – det var en början. En början på att kunna släppa taget om gamla, smärtsamma känslor, och att istället öppna upp för en ny form av relation, en ny förståelse för världen och för sig själv.

I mörkret hörde hon Truls andning, han låg och sov djupt bredvid. Hans närvaro var en stadig, lugn påminnelse om att hon inte behövde göra detta ensam. Truls, som hade sett henne genom de tuffaste perioderna, som hade stått vid hennes sida under de mest osäkra och smärtsamma ögonblicken, var inte bara en partner. Han var en spegel. En spegel som reflekterade hennes egen styrka, även när hon inte kunde se den själv.

Den vackraste målningen som Ellen skapade efter sin mammas bortgång var inget mindre än en kaskad av känslor. Duken var fylld med mörka, rika färger – djupt blå, violett och svart – men mitt i detta kaos fanns också små, nästan bländande inslag av guld och vitt. Det var som om hon, genom penseldragen, försökte hitta en balans mellan mörkret och ljuset, mellan det förlorade och det som fortfarande fanns kvar. Målningen var både smärtsam och vacker, fylld av kontraster som kändes fullständigt naturliga.

Ellen stod framför duken i timmar, helt förlorad i arbetet, nästan som om tiden stod stilla. Penseldragen flödade, varje rörelse var en fysisk manifestation av de känslor som hon inte kunnat uttrycka på något annat sätt. När hon satte det sista penseldragen på målningen, kände hon en lättnad som var svår att sätta ord på. Det var som om något hade släppt inom henne, som om en inre blockering hade brutits. Hon hade skapat något som var en del av henne, något som var hennes egen sanningsfulla upplevelse av världen.

Truls såg på målningen när han kom in i studion. Hans blick var tyst och beundrande, men också fylld med förståelse. Han visste vad det kostade Ellen att uttrycka sig på det sättet, att ge bort en del av sin själ. Men han såg också att hon var starkare för varje penseldrag.

"Det här är... otroligt, Ellen," sade han. "Jag ser att du har skapat något väldigt personligt här. Det känns som om varje penseldrag berättar en historia."

Ellen log svagt, men hennes ögon var fyllda av en lättnad som hon knappt trodde var möjlig. Det var en lättnad som inte kom från att hon hade skapat en perfekt målning, utan från att hon hade skapat något sant – något som inte var för att imponera på andra, utan något som var för henne själv, hon hade målat för sig själv, igen.

En månad efter att hon hade slutfört sin målning började Ellen långsamt att känna sig mer tillfreds med sin inre värld. Förlåtelsen, som hon trott skulle vara en lång och smärtsam process, började kännas mer som en befrielse. Förlåtelse var inte längre något som handlade om att godkänna vad som hänt, eller att på något sätt rättfärdiga det som förlorats. Förlåtelse var något annat – en frihet.

Det var en kväll när hon och Truls satt vid fönstret och såg på stjärnorna som Ellen förstod. Förlåtelse handlar inte om att låta någon annan komma undan för det de har gjort – det handlar om att frigöra sig från rädslan att läka och gå vidare. Förlåtelse var inte något som hon gav till andra, utan något som hon gav till sig själv.

"Jag har förlåtit min mamma," sade Ellen plötsligt, med en röst som kändes både lätt och tung på samma gång. "Inte för att jag vill att det ska vara som det var, utan för att jag inte längre vill hålla på all den smärtan. Jag vill gå vidare, jag vill vara fri."

Truls såg på henne med en blandning av respekt och kärlek. Han visste att detta var ett stort ögonblick för Ellen, och att det inte var en enkel väg att nå dit. Förlåtelse, i denna form, var inte bara en handling – det var en djup inre omvandling. Men han förstod nu, mer än någonsin, att Ellen var på väg mot något nytt. Något stort och livgivande. Han skulle vara där, vid hennes sida, för att se henne växa ännu mer.

Under de följande månaderna började Ellen planera för framtiden på ett sätt som kändes mer autentiskt än någonsin tidigare.

Hon hade börjat undervisa på en lokal konstskola, där hon mötte unga talanger som påminde henne om hur hon en gång hade varit – full av drömmar, men också av rädslor och tvivel. Hon insåg att hennes roll inte bara var att lära ut tekniker, utan att hjälpa sina elever att förstå värdet av att vara sann mot sig själva. Att konst inte bara var ett uttryck av teknik eller skönhet, utan också en process av självupptäckt.

Med tiden började hennes eget arbete blomstra på ett sätt hon inte hade förutsett. Hon började skapa mer abstrakt konst – stora, vilda målningar som fyllde hela väggar. Färgerna var ljusare, mer uttrycksfulla, och varje verk var en hyllning till livet självt. Ellen hade slutat vara rädd för att visa sin sårbarhet. Hennes konst blev mer och mer en återspegling av den kvinna hon hade blivit – någon som inte längre kände sig fångad av sitt förflutna, utan som fullt ut omfamnade både sina ljusa och mörka sidor.

En kväll när hon visade sitt senaste verk på en utställning, kände hon en djup inre frid. Hon visste att detta var det största ögonblicket för henne – inte bara som konstnär, utan som kvinna. När hon såg på Truls, som stod vid hennes sida, kände hon att hon hade hittat sitt hem. Inte bara i hans kärlek, utan också inom sig själv.

Kapitel 8: Att växa i mörkret

Ellen visste att hela resan inte skulle vara enkel, men den senaste tiden hade visat henne något viktigt: att vi ofta måste gå igenom mörka perioder för att kunna växa och förstå våra egna inre styrkor. I mörkret fanns det något vackert – något hon aldrig riktigt förstått tidigare.

Det var en sen kväll när Ellen satt ensam i sitt arbetsrum, omgiven av halvfärdiga målningar och penslar, som hon återigen funderade på sin relation till sin mamma. De sista åren av sin mammas liv hade varit fyllda med svårigheter och osäkerhet. Men Ellen hade genomgått en förändring, en form av mognad och insikt. Hennes mamma hade aldrig varit en enkel person att förstå, men Ellen hade kommit till en punkt där hon kunde acceptera både sin mammas svagheter och sina egna, utan att känna att hon var fast i något destruktivt.

Ibland var det så att de allra mörkaste perioderna ledde till den största förändringen. Det var inte förlusten av hennes mamma som hade varit den största smärtan för Ellen – utan insikten om hur djupt de båda hade varit fast i gamla mönster, rädda för att släppa på de smärtsamma minnena, rädda för att konfrontera sina känslor. När hennes mamma var borta, var det som om Ellen var tvungen att vara den som bröt dessa mönster.

Kanske var det inte förrän nu som hon verkligen förstod att allt som hade hänt i hennes liv hade varit för att leda henne till den här punkten. Att släppa taget om det förflutna, att förlåta, att släppa fram sina känslor genom konsten – det var allt sammanflätat, som om hennes liv och konst var i konstant symbios.

Ellen blickade ut genom fönstret, på den mörka himlen där några svaga stjärnor blinkade. Hon tänkte på allt det mörka hon hade burit inom sig. Det var inte bara förlusten av sin mamma – det var alla de saker som hon hållit tillbaka, rädslan för att vara sårbar, rädslan för att inte vara tillräcklig. Nu, när hon blickade tillbaka, förstod hon. Alla dessa mörka känslor, alla dessa smygande skuggor av tvivel och sorg, var en del av henne. Men de behövde inte längre hålla henne fast.

Hon satte sig vid sitt staffli, plockade upp penseln och började måla. Den här gången var det inte en bild som skulle dölja något eller förneka något. Det var en bild som uttryckte hennes kamp – men också hennes kraft. Målningen växte fram på duken, fylld av svarta och mörka blå nyanser, men med inslag av starka, varma färger som bröt fram som små flammor av ljus. Det var en påminnelse om att även i det största mörker, kunde ljuset finnas där.

Det var när Ellen var på väg till en utställning, en kväll som var kylig och dyster, som hon för första gången började känna att hennes liv var i balans. Det hade inte varit så länge sedan hon känt att varje dag var en kamp, ett hopp om att kunna ta sig förbi smärtan, att känna att hon inte var fångad i sina egna tankar. Men nu, i mörkret, på väg till en plats där andra skulle se och bedöma hennes konst, kände hon en ny känsla av frihet.

Truls hade alltid varit hennes största stöd. Deras relation var inte perfekt – den hade sina egna utmaningar, som alla relationer gör. Men det var en ömsesidig respekt och förståelse mellan dem som var ovärderlig. I stället för att känna att hon var beroende av honom för att känna sig hel, började Ellen inse att Truls bara var en spegel av den styrka hon hade funnit i sig själv. Han hade alltid stått vid hennes sida, men det var Ellen som hade växt. Det var denna växande inre styrka som gjorde att deras relation inte bara var ett skydd, utan också en plats där de båda kunde utvecklas.

Ellen såg på Truls när han leende satte sig vid bordet på utställningen, en enkel gest som för Ellen symboliserade så mycket mer. Där var han, i sitt tysta stöd, inte genom ord utan genom närvaro, som hon kunde lita på. Det var genom honom, genom deras delade tystnad och de små stunderna av samtal som deras band blivit så starkt. När hon såg på honom, kände hon att hennes resa med honom var en del av något mycket större än bara en romantisk relation. Deras väg tillsammans var också en reflektion av den inre helande processen Ellen hade genomgått.

"Jag har fått ett nytt perspektiv på livet," sa Ellen plötsligt under en av de lugna stunderna de delade i en liten bar efter utställningen. "Det känns som om allt jag har gått igenom har lett mig till den här platsen. Jag trodde aldrig att jag skulle vara här, att jag skulle kunna känna det jag känner nu."

Truls såg på henne med sina varma ögon. "Du har alltid haft det i dig, Ellen. Men du har lärt dig att släppa taget om det gamla och omfamna allt det nya och det är inget litet. Jag är så stolt över dig."

Ellen kände en värme sprida sig i sitt bröst. För första gången på länge kände hon sig verkligen sedd, verkligen förstådd. Det var verkligen en känsla av att vara hemma, inte bara i Truls, utan också inom sig själv.

Ellen vaknade tidigt en morgon, nästan som om världen väntade på henne. De senaste månaderna hade varit fyllda med små förändringar som inte alltid varit lätt att se i nuet. Men idag, när hon blickade på sitt liv, såg hon tydligt att det var på väg i en ny riktning.

Sedan sin mammas bortgång hade Ellen sakta men säkert börjat skapa en ny värld omkring sig. Hon hade skapat ett liv som var baserat på sanningen om vem hon var – inte på vem hon trott att hon borde vara. I det, i den friheten, hade hennes konst fått blomstra som aldrig förr. Men nu såg hon också att det var dags att ge detta vidare. Hon ville inte bara skapa för sig själv längre. Hon ville hjälpa andra att hitta sina egna sanningar genom konst, att förstå sin egen själ genom det de skapade. Tankarna som hon tidigare haft på at starta en egen konstskola blev allt fler och hon började inse hur viktigt det var för henne.

"Jag vill starta en konstskola," sa hon plötsligt till Truls när de satt och pratade över en kopp kaffe på morgonen. "En plats där unga konstnärer kan komma och hitta sin egen röst, där de inte behöver vara rädda för att misslyckas eller att inte vara perfekta. Jag vill ge dem samma frihet jag har funnit genom att skapa."

Truls log och tog hennes hand. "Jag tror att det är en fantastisk idé, Ellen. Du har redan hjälpt så många genom din konst. Att ge vidare det du har lärt dig känns som nästa steg för dig."

Ellen kände sig fylld av en ny, sprudlande energi. Det var som om hela världen låg framför henne, redo att tas emot. För första gången på länge kände hon inte längre en rädsla för framtiden. Det fanns ingen längtan tillbaka till det förflutna, ingen osäkerhet om hennes väg framåt. Hon visste vem hon var, vad hon ville, och vad livet egentligen handlar om.

Ellen satt på golvet i sitt arbetsrum, där duken framför henne var täckt av färg. Penslarna låg utspridda runt henne, som de tysta vittnen till hennes konstnärliga flöde, och färgerna blandades på paletten framför henne. Ett svagt ljus från fönstret bröt genom den frostiga morgonen och silade in över rummet i ett mjukt, gyllene sken. Det var tidig vinter och världen utanför var täckt av snö, men här inne, i hennes rum, var det som om tiden stod stilla.

Duken, som hade varit tom och oförlöst i flera dagar, var nu täckt av intensiva färger. Djupt blåa, nästan svarta nyanser mötte glödande orange och gyllene toner. Det var som om natt och dag krockade på duken, en konflikt mellan ljus och mörker, där penseldragen kämpade för att hitta sin egen rytm. Ellen rörde försiktigt penseln mot duken, och i varje drag kände hon en liten bit av sin egen själ frigöras. Det var som att hon måla bort de smygande tankarna som fortfarande höll henne fast i det förflutna.

Varje färg på duken var en symbol för något som hon hade känt – smärta, förlust, men också den styrka som hade kommit med att konfrontera den smärtan. Ellen förlorade sig i processen, precis som hon alltid gjorde när hon skapade. Först var det en känsla av kaos, som om färgerna inte passade ihop. Men sedan, efter ett par timmar av intensivt skapande, började bilderna att växa fram. Något var på väg att hända. Något nytt.

Från fönstret kom ett mjukt ljud av vinden som svepte över den frusna marken. Träden utanför böjde sig långsamt, som om de också bar på sina egna smyckade minnen och skuggor. Ellen såg på sina penseldrag och på sitt ansikte i spegelbilden i fönstret. Hon såg på den kvinna som stirrade tillbaka på henne och för första gången på länge kände hon att hon verkligen kände igen den personen. Hon hade varit på en lång resa – en resa som hade kantats av smärta, men som nu förde henne mot något nytt, något som hon inte hade kunnat förutspå. Ett liv som var hennes eget, fullt av egna färger, egna val.

Och mitt i den här kreativa stormen kände hon sig inte längre ensam. För i sitt hjärta fanns Truls – hans tysta förståelse, hans varma blick. Han var en del av den här processen. Hans närvaro var den stadiga handen som höll henne när allt omkring henne kändes osäkert.

Ellen pausade, betraktade målningen och lät sina tankar vandra. Tårarna brände bakom hennes ögon, men det var inte av sorg. Det var en tår av lättnad. Av acceptans. De mörka färgerna på duken, de djupa skuggorna, var inte längre bara fyllda med smärta. De var fyllda med förståelse. Förlåtelse. I mitten av allt fanns en liten flamma av ljus – en symbol för hopp.

Truls hade alltid varit där, men denna gång var han inte bara närvarande – han var levande på ett sätt som han inte varit tidigare. Han hade stått vid Ellens sida genom så många stormar, men den här kvällen var något nytt. Han såg på henne med ögon som förlorade sig i varje drag hon gjorde med penseln. Hans blick var fylld med en tyst beundran, som om han såg på Ellen för första gången – verkligen såg på henne. Han såg den styrka hon aldrig tidigare hade kunnat se hos sig själv.

De satt i tystnad när hon avslutade sitt verk, och världen omkring dem var stilla. Det var en ovanlig tystnad, inte en tung, ångestfylld stillhet, utan en fridfull, nästan helande tystnad. Genom fönstret kunde de höra ljudet av regn som började falla, och ljudet av regndropparna som träffade det kalla fönsterglaset var som en viskning från naturen, en viskning som speglade den inre ro Ellen nu kände.

"Ellen," sa Truls, hans röst var låg och djup som den stilla kvällens andakt. "Jag har aldrig sett dig så här. Den här målningen, den är... det är något mer än bara färger. Den känns som... livet, hela vägen från mörka skuggor till ljus."

Ellen släppte penseln och såg på honom med ögon som var fyllda av en blandning av lättnad och värme. Det var en blick som var mer än bara tacksamhet – det var en blick av djup förståelse. Truls såg på henne som om han nu förstod allt som hon hade gått igenom. Och i den förståelsen fanns en tyst, men stark, kärlek. Inte den där blinda, nästan förälskelselika kärleken som de hade haft när de först träffades, utan en kärlek som var rotad i verkligheten – i den smärta och de kamper de båda hade gått igenom. En kärlek som var lika mycket tyst respekt som passion.

Ellen lutade sig framåt och tog hans hand, och för första gången på länge kände hon att hon inte behövde ord. Hans beröring var allt hon behövde. Truls var som den trygga marken under hennes fötter, den plats där hon kunde vara helt sårbar, utan att känna sig svag. Hon kände hur hans värme spred sig genom hennes kropp, och en känsla av hem fyllde hennes hjärta.

"Jag känner att det här är början på något nytt," sa Ellen lågt, som om hon viskade sina innersta tankar till världen omkring dem. "Jag har alltid varit rädd för att släppa taget, för att verkligen leva. Men nu... nu förstår jag att jag inte kan hålla fast vid det gamla längre. Jag vill skapa något som är mer än bara min egen smärta. Jag vill att min konst ska berätta för andra att det finns ljus, även i mörka tider. Att vi alla kan hitta vägen, om vi bara vågar gå den."

Truls log, en mjuk, ödmjuk dragning av hans läppar, och Ellen kände att han förstod precis vad hon menade. Det var en känsla av fullständig samhörighet, som om de båda hade gått igenom sina egna prövningar, men nu var de på samma väg – en väg som skulle ta dem till nya platser, till nya förståelser.

Kapitel 9: Återfödelse i färger

Den kommande veckan var en av de mest intensiva i Ellens liv. Inte för att något spektakulärt hände, men för att hon verkligen började se sin egen utveckling på ett nytt sätt. Hennes arbete som konstnär hade förändrats, men det var mer än bara målarpenslarna som förändrats. Hon såg på världen genom en ny lins. Det var som om hela universum hade öppnat sig för henne, och varje liten detalj i världen var fylld med en oändlig potential för skönhet.

Truls hade alltid varit den där osynliga stödpelaren, men nu förstod hon att det inte bara var hans närvaro som var viktigt – det var hennes egen inre styrka som hade lett henne fram. Hon behövde inte längre andras godkännande för att känna sig hel. Det var ett faktum som hon nästan inte ville erkänna för sig själv, men som var så sant att det gjorde ont. Hon hade funnit sitt eget jag.

En eftermiddag när Ellen gick genom stadens smala gator, kände hon en intensiv närvaro av världen omkring sig. Det var som om varje träd, varje byggnad, varje människas ansikte var en del av hennes egen resa. Allt var kopplat. För första gången på länge kände hon en sådan frihet – frihet från rädslan, frihet från sorgen. Inte för att hon hade glömt sitt förflutna, utan för att hon hade accepterat det och släppt det.

När hon såg på Truls, där han stod på trottoaren framför henne, kände hon att deras resa tillsammans var långt ifrån slut. Det var bara början.

Det var en kall morgon i mitten av december. Luften var så klar att Ellen kände varje andetag som om det skar genom henne, friskt och rått. Hon stod vid sitt fönster, med en kopp te i händerna, och såg på snön som långsamt föll från den grå himlen. Det var en stillhet i luften, en sådan där stillhet som fyllde hela världen med en förväntan – som om varje snöflinga var ett löfte om något nytt.

I den där stillheten kände Ellen sig plötsligt påmind om sitt eget inre lugn, det lugn som hon sakta men säkert hade byggt upp under de senaste månaderna. Det var som om hon, genom att släppa på smärtan och rädslan, långsamt hade börjat förstå sin plats i världen. För varje gång hon greppade penseln kände hon hur hon började rita linjer som inte bara handlade om konst, utan om att finna sin egen väg.

Där, vid fönstret, utan några ord, kunde hon känna hur världen andades med henne. Det var något förlösande i den känslan av samhörighet med universum, och för första gången förstod hon att det inte var nödvändigt att förstå allt. Livet var inte en väg att förstå, utan en väg att uppleva. Att vara där, i den där ögonblickliga fridfullheten, var något som hon aldrig ville släppa.

Truls hade lämnat för en affärsresa, och även om Ellen saknade honom, var det en stilla saknad, inte den där tunga tomheten som brukade förlama henne. Nu kände hon sig mer som en hel person, mer som någon som kunde vara ensam utan att känna sig ensam. Han var inte längre en räddning, utan en medresenär på hennes väg. En väg som nu var hennes egen.

Ellen satte ned koppen med te och började klä på sig. Idag skulle hon ta en promenad genom staden, genom de gamla gatorna där snön låg som ett mjukt täcke över alla fötter som trampat här tidigare. För några veckor sedan skulle hon ha känt sig obekväm – som om hon var en främling i sin egen stad. Men nu var det annorlunda. Hon kände att staden, liksom allt omkring henne, var en del av henne. Det var i den förståelsen som hennes inre frid växte.

Hon gick genom de smala gatorna, där vintern ville stanna allting och förvandla världen till en plats av tysthet och reflektion. Människor gick förbi utan att titta på varandra, men Ellen kände sig som en del av deras rörelse, som om alla var sammanlänkade genom den här gemensamma, tysta dagen.

Veckorna flöt förbi och Ellen kände hur hennes konst började ta nya former. Det var som om hon inte längre behövde kämpa för att uttrycka sig. Färgerna på duken flödade av sig själva, varje penseldrag var ett medvetet val och ändå så naturligt. Men det var inte bara i konstnärskapet som förändringen syntes. Det var också i Ellens sätt att vara – sättet hon rörde sig genom världen på, sättet hon såg på andra människor, på livet i sig.

Det var en kväll när hon och Truls satt på deras lilla balkong, inlindade i varma filtar. Den kalla vinterluften kändes som en förfriskande dusch mot deras ansikten, och det svaga ljuset från gatubelysningen skapade en drömsk, nästan surrealistisk atmosfär omkring dem. Truls hade berättat om sin resa, men hans ord var inte så viktiga just nu. Det var tystnaden mellan dem som sa allt. Den var inte tung, utan fylld med en gemensam förståelse.

Ellen drog en lång suck och lät händerna vila på den varma koppen i sitt knä. "Jag har funderat på något, Truls," sa hon långsamt, med blicken riktad bortom honom mot den mörka horisonten. "Jag har tänkt mycket på den gamla Ellen – den jag var innan allt förändrades. Den jag trodde att jag var."

Truls nickade och la sin hand på hennes. Hans beröring var lugnande, men inte för att han försökte trösta henne. Det var för att han visste att det inte behövdes. Ellen behövde ingen tröst längre. Hon behövde inget annat än att vara där – i nuet, med honom vid sin sida.

"Jag trodde att det var min smärta som definierade mig," fortsatte Ellen, och hennes röst var stadig. "Men nu förstår jag att den bara var en del av mig. Jag behövde inte låta den styra mitt liv. Jag är inte mina sår. Jag är inte min rädsla. Jag är de färger jag målar med, jag är den förändring jag har gått igenom."

Truls log, och för en kort stund såg han på henne som om han såg på en annan person, en person som han älskade mer än någonsin. "Du är så mycket mer än det, Ellen. Så mycket mer än du trott."

Ellen kände hur värmen från hans ord spred sig inom henne. För några år sedan hade hon varit så förlorad i sig själv att hon inte hade kunnat se bortom sina egna skuggor. Nu, i denna stund, kände hon hur hon fortsatte växa trots att hon många gånger känt att det inte kunde bli bättre, att det inte gick att gå längre.

Det var en söndag när Ellen gick igenom stadens mest livliga gator. Det var första gången på länge som hon inte kände sig ensam i folkmassan. Hennes blick var fäst vid världen omkring henne, och allt kändes så levande. Färgerna på marken, dofterna från de små kaféerna, ljudet av skratt som kom från gatan – allt var så intensivt. Mitt i all denna rörelse kände hon en stilla inre ro.

Framför henne låg en liten trädgård mitt i staden, som om den hade vuxit upp mellan de kalla betongväggarna. Det var en plats som hon alltid hade gått förbi, men aldrig riktigt sett. I dag stannade hon för att betrakta blommorna som växte i takt med att våren började smyga sig fram. Deras färger var starka – små explosionsliknande färger som var som ett bevis på att livet, trots all förstörelse, alltid hittar vägar att växa.

Ellen satte sig på en av bänkarna i trädgården och lät tankarna vandra. "Jag kanske inte alltid kan kontrollera allt omkring mig," tänkte hon för sig själv, "men jag kan välja att vara som de här blommorna. Jag kan växa trots allt. Jag kan vara stark i min egen rätt."

Där, mitt i denna lilla trädgård, bland alla livets små detaljer, kände Ellen en ny sorts glädje, en ny vision. Jag ska hjälpa andra att blomstra, att växa tillsammans med sin konst, det var här och nu som tankarna kring konstskola började växa till att bli verklighet.

De månader som följde blev en tid av djup reflektion för Ellen. Hennes konstnärliga uttryck fördjupades, och hon började förstå sin roll i världen på ett nytt sätt. Det var som om varje penseldrag, varje val i hennes liv, var en del av en större process – en långsam men konstant revolution som pågick i hennes själ. Det var inte den dramatiska, yttre förändringen som var viktig. Det var den tysta, inre revolutionen som verkligen betydde något.

Genom allt detta, genom denna resa av självupptäckt, stod Truls vid hennes sida. Inte som en räddare, utan som en partner – någon som såg på henne med en ödmjukhet och ett intresse för hennes inre värld. Tillsammans skapade de ett liv som var som deras konst: fullt av färg, full av nyanser, och framför allt, full av möjligheter.

Ellen vaknade tidigt den där morgonen, innan solen hade hunnit stiga över horisonten. Rummet var stilla och tyst, med undantag för det svaga ljudet av vinden som smekte fönsterrutorna. Det var en lite kylig vårmorgon, men i sovrummet växte en varm känsla. Hon låg i sängen en stund, och bara andades. Tankarna var stilla, på ett sätt de inte varit på länge. I det tysta rummet kände Ellen för första gången på länge att hennes sinne var klart, utan oro, utan kaos.

Hon sträckte sig efter penslarna som låg på bordet vid fönstret, där de alltid låg och väntade. För ett ögonblick såg hon på dem, studerade varje pensel, varje färg som var spridd på paletten. Färgerna var mer än bara pigment. De var nycklar till hennes själs djupaste vrår. Varje gång hon tog upp en pensel, var det som att hon förlorade sig i en annan värld, en värld där inget var förutbestämt – där hon var fri att skapa sitt eget universum.

Ellen klev upp och satte sig vid sitt arbetsbord. Hennes händer rörde sig över duken, penseldragen nästan flödade av sig själva.

Bilderna började växa fram. Först var det bara färger som möttes i skuggiga, intima svängar, men snart började något mer konkret att ta form – en kvinna. Ellen såg på den kvinna hon just hade målat, och hon kände en stark, nästan fysiskt närvarande känsla av samhörighet. Det var en bild av henne själv, inte som den person hon en gång varit, utan som den hon var just nu – en kvinna som hade kämpat sig fram genom mörka perioder, som hade lärt sig att resa sig upp efter varje fall. Hennes blick var stark, beslutsam, men också full av mjukhet.

När hon tog ett steg tillbaka och betraktade duken, såg hon på sitt eget ansikte, eller snarare, på den kvinna hon just hade målat, och förstod något djupt om sig själv. "Jag har varit rädd för att släppa taget om mina gamla smycken av smärta," tänkte Ellen, "men nu vet jag att det är genom att släppa taget som jag blir hel."

Just då hörde hon steg i trappan och en röst som ropade på henne. "Godmorgon, mitt hjärta!" Det var Truls. Hon log för sig själv. Truls. Hennes lugn. Hon visste att han var på väg att hitta in till rummet och se på henne med sina mjuka ögon som alltid förstod. Hans närvaro var något som gav henne kraft, men inte på ett sätt som gjorde henne beroende av honom. Nej, nu var hon inte beroende av honom längre. Nu var hon hel på sitt eget sätt. Truls hade blivit en del av den här helheten, en medresenär, inte en räddare.

Truls kom in i rummet och såg på henne. "Ellen..." sa han tyst, och hans röst var som en viskning. Han stod en bit bort, inte för att han ville hålla avstånd, utan för att han visste att hon behövde sina egna stunder, sina egna ögonblick av fullständig inre klarhet. "Jag ser dig och du är så vacker."

Det var inget romantiskt i hans ord, inget ljuvt för att få henne att må bättre. Det var en observation. En verklig förståelse. Ellen såg på honom, och för första gången på länge, såg hon inte en kille som behövde rädda henne, utan en man som såg henne som den kvinna hon var, med alla sina lager och nyanser.

För ett ögonblick kände Ellen sig rädd. Rädd för att vara så öppen, rädd för att helt ge sig själv. En rädsla som var mer som en gammal vän, som nu bara fanns där för att påminna henne om att hon inte längre behövde vara rädd.

Kapitel 10: Mörka vatten och blommor

Det var en lördagsmorgon, och Ellen gick längs den gamla stigen nära sjön. Vattnet var mörkt, nästan svart, men också spegelblanka. Den där spegelblanka ytan påminde henne om sin egen inre frid. Ibland när hon såg på sjön, såg hon ett och samma mönster. En spegel, som om hela världen var en spegel av hennes känslor.

Den varma vinden drog genom träden som stod vid kanten, och fåglarna flög lågt, nästan nära vattnet. Ellen satte sig på en bänk där, tyst, och stirrade ut över sjön. Här var hon i sitt eget element. Tystnaden var inte tom. Det var en tystnad som kändes full, som en oskriven bok, som om allt var möjligt.

"Jag har varit rädd för att gå här ensam," tänkte Ellen för sig själv. "Men nu, nu är jag inte ensam. Jag har mig själv."

Det var en lättnad i den tanken. En frihet. Ett släppande av gamla kedjor som hade hållit henne fången i ett mönster av självförakt och rädsla. Ellen såg på sitt ansikte i vattnet, och för första gången såg hon inte bara sin spegelbild. Hon såg på allt det som hon var – inte bara de delar som varit smärtsamma, utan även alla de delar som var vackra, levande, skapande.

Hela denna resa, från den första mörka dagen när Ellen kände att hon var på väg att ge upp, till nu, då hon kände sig mer levande än någonsin, hade varit en långsam, tyst transformation. Det var inte ett stort, dramatiskt ögonblick av förändring. Det var en samling av små steg. Varje penseldrag, varje ögonblick av stillhet, varje gång hon tillät sig själv att vara svag, att vara stark, att vara allt mellan.

Det var ingen magi som hade hänt. Det var hon, Ellen och nu, nu när hon gick genom livet, såg hon på världen med nya ögon. Det var ingen annan som skulle definiera hennes värde, för hennes värde låg inte i någon annan än henne själv.

Och Truls, han var vid hennes sida, men det var inte längre en räddning hon sökte. Hon hade funnit sin egen styrka, sin egen väg. De var nu två resenärer på en gemensam väg, inte för att de behövde varandra för att vara hela, utan för att de helt enkelt ville vara tillsammans.

Det var en av de där varma soliga sommarmorgnarna när Ellen gick genom stadens centrum. Staden, som en gång hade känts så främmande, så osynlig för henne, var nu fylld av liv, av färg, och av detaljer hon aldrig hade lagt märke till. Trots att hon många gånger varit på väg hem från sitt favoritcafé, där hon alltid satt i fönstret och målade, stannade hon plötsligt vid ett gammalt hus på en liten sidogata. Husets väggar var gråa och slitna, men Ellen såg något som ingen annan verkade lägga märke till. På en av väggarna hade någon målat en liten blomma – ett försök att försköna den förfallna ytan. En ensam blomma bland grått murbruk.

Ellen stod där länge, tittade på den. Det var en bild på något som var skört men vackert, något som hade kämpat för att växa trots att världen omkring det var kall och ogästvänlig. Plötsligt förstod hon. Det var inte konstigt att hon älskade att måla blommor, att förvandla sina egna känslor till dessa ömtåliga men starka växter. För att blommorna var som människor, var som hon själv – de kunde växa även i de mest ogynnsamma förhållanden. De hade en kraft i sig, en vilja att sprida sin skönhet trots allt motstånd.

När Ellen gick vidare, kände hon en konstig förnimmelse av försoning. Det var som om den lilla blomman på väggen hade förmedlat ett budskap till henne. Budskapet var klart: "Även i det mest förfallna finns det plats för skönhet."

De närmaste dagarna var fyllda av regn. Ellen älskade regnet. Det var som om världen sakta smög sig in i ett tillstånd av introspektion, som om varje droppe som föll var en del av en långsam helande process. Hon gick genom staden med sin regnrock på och kände vattnets kyla mot sitt ansikte, men det kändes aldrig obehagligt. Regnet var för henne nu ett slags livstecken – ett tecken på att även de svåraste tiderna hade något mjukt och vackert att ge.

Ibland såg hon på människor som hastigt gick genom regnet, deras huvuden böjda för att undvika att bli blöta. Men Ellen stannade för att lyssna på regnet, för att känna det. Det var som om hon hade blivit en del av något större än sig själv, som om varje regndroppe var en viskning om att hon inte var ensam.

En kväll när regnet öste ner som en flod, gick Ellen ut till Truls för att dela en kväll tillsammans. De satt vid köksbordet, drack vin och pratade om allt mellan himmel och jord, men ändå inte om det där mörka som fortfarande fanns där, i hennes sinne. För det var inte längre en ursäkt att prata om smärtan. Det var en förståelse för att smärtan bara var en del av något större.

Truls såg på henne när hon satt där, med glaset i handen, hennes blick fokuserad på något långt bortom honom. Där satt dem, sådär perfekt imperfekta, tillsammans; på väg mot nya äventyr.

Den där dagen, när Ellen satt vid sitt skrivbord och stirrade på den halvfärdiga målningen framför sig, kände hon en viss tyngd. Det var en känsla av att det fanns något mer att bearbeta, något som fortfarande ville komma ut. Det var som om gamla, dolda känslor fortfarande var kvar, och trots att hon hade släppt på så mycket, var det en del av henne som fortfarande var fången i sina egna minnen.

Så mycket av hennes smärta hade handlat om att känna sig otillräcklig, om att försöka vara någon annan för att vara älskad eller accepterad. Men nu, när hon satt där och såg på den halvfärdiga duken, förstod hon att hon fortfarande kämpade med ett stort, mörkt berg av känslor. Det var som en hög av gamla, oavslutade tankar och minnen som fortfarande låg som tunga stenar i hennes inre.

Där, i sin egen konst, fann Ellen en frihet hon aldrig hade känt förut. Hon kände ingen rädsla för det mörka. Det var en del av henne, och den delen hade samma rätt att existera som alla de ljusa och vackra delarna. Och genom att acceptera hela sig själv, i all sin komplexitet, hade hon funnit en djupare frid.

Ellen och Truls hade bestämt sig för att ta en helgresa utanför staden innan Ellens konstskola skulle dra igång på riktigt. De hade packat sina väskor och kört till en liten stuga i fjällen. Det var en plats som Truls hade besökt som barn, och han hade alltid velat ta med Ellen hit. När de kom fram, och Ellen klev ur bilen, var det som om hon var i en annan värld. Den friska luften, de höga träden som svajade i vinden, och den glittrande snön framför dem – allt kändes så stilla och perfekt.

Det var en känsla av att världen var stor, men på något sätt var den också så liten, så intim i denna stund. När Truls sträckte sig efter hennes hand, såg hon på honom och kände en värme sprida sig i sitt bröst. Det var inte en värme som kom från hans fysiska närvaro. Det var en värme som kom från det faktum att hon inte längre sökte efter något, inte längre ville bli någon annan.

Och när hon såg på Truls, visste hon att de båda, på sina egna sätt, hade funnit det största av allt –

friheten att vara hela, att vara sig själva, utan att behöva vara rädda för vad som komma skulle. Det var en frihet som var större än något de kunde ha föreställt sig förut. Och i den friheten, i den gemensamma resan de hade gjort, visste Ellen att hon aldrig mer skulle känna sig ensam.

Kapitel 11: Vindens röst

Ellen satt på verandan, med en filt lindad om sina axlar, medan hon blickade ut över det snöfyllda landskapet. Det var en kylig morgon, och den friska luften fyllde hennes lungor med en känsla av ny energi. Truls var inne i stugan och lagade frukost, men Ellen behövde denna stund av ensamhet, denna stund av tystnad. När hon såg på snön, som glittrade av solens första strålar, kände hon något som hon länge saknat – en känsla av total närvaro.

Ellen lät sina tankar vandra, medan vinden började riva i hennes hår. Hon kände vinden i sitt ansikte och på sina armar, och för första gången på länge kände hon sig inte rädd för den. Det var som om vinden viskade till henne, att hon gjort rätt val, att hon var på rätt väg framåt.

Vinden var som en röst i hennes inre, en röst som sa: "Det är okej att vara sårbar, Ellen. Det är okej att känna, att vara ledsen, men det är också okej att vara glad, att vara levande. Du behöver inte vara rädd längre."

Efter några dagar i stugan kände Ellen sig som en annan person. Det var som om den stillheten, den enkla närheten till naturen, hade rensat hennes sinne på ett sätt som inget annat kunde. Kanske var det också i mötet med Truls, i de tysta stunderna de delade, som hon började förstå att hon inte behövde vara rädd för närheten, för intimiteten. För så länge hon var ärlig mot sig själv och sina känslor, skulle inget kunna skada henne på samma sätt som tidigare.

Truls hade börjat förstå henne på ett sätt han aldrig gjort tidigare. Han hade sett henne genom så många stadier, men nu såg han på henne med en ny förståelse. Det var inte bara kärleken som var närvarande mellan dem längre, utan också en tyst respekt för varandras individuella resor. Truls visste att Ellen var på väg att finna sin egen väg, och han var inte där för att vägleda henne. Han var där för att stå vid hennes sida, som ett stöd, men inte som en ledare.

De gick hand i hand längs stigen som slingrade sig genom skogen nära stugan. Solen bröt genom trädens lövverk och kastade mjuka, fläckiga skuggor på marken. Truls hade sin arm runt hennes midja, men det var inte för att hålla fast henne. Det var mer som en mjuk påminnelse om hans närvaro, om att han var där utan att kräva något, utan att sätta några krav på hennes känslor. Han hade lärt sig att förstå att hennes resa var hennes egen, och han var villig att gå bredvid henne, inte framför eller bakom.

"Jag ser förändringen i dig, Ellen," sa han tyst, nästan som om han pratade med sig själv.

Ellen kände en svag rysning genom kroppen. Hennes blick flackade bort från hans ansikte, för hon kände en inre värme sprida sig från hjärtat och ut genom hela kroppen. Det var något i hans ord, i sättet han såg på henne, som fick henne att känna sig förstådd på ett djupare plan. Han såg henne inte som någon som behövde bli fixerad. Han såg henne för den hon var, och för den hon höll på att bli.

"Jag har känt mig förlorad så länge," sa Ellen tyst, med en röst som var nästan skör. "Som om jag letat efter något utanför mig själv för att bli hel. Men nu förstår jag att det inte är något jag måste finna. Det är något jag har inom mig redan."

Truls stannade och vände sig mot henne, tog hennes händer i sina. "Du har alltid haft det där, Ellen. Du behövde bara ge dig själv lov att hitta det."

De stod där i tystnad en stund, bara kände vinden på sina ansikten och såg på varandra. Det var en känsla av samförstånd mellan dem, av att de inte behövde ord för att kommunicera det mest grundläggande – att de var där, att de var nu.

När de kom hem från sin helgresa, återvände Ellen till sitt arbetsbord. Hon hade funderat mycket på sitt konstnärliga uttryck under helgen. För första gången på länge kände hon sig inte pressad att skapa något specifikt.

Det var när hon målade som hon kände att hon var mest levande, mest i kontakt med sin sanna natur. I det skapandet, i den processen, fanns en helande kraft. Det var som om varje penseldrag var en liten bit av henne som släppte sin rädsla, sin sorg, sin smärta. Varje gång färgen mötte duken, varje gång penseln svepte över ytan, kände hon hur något i henne släppte taget.

Ellen log för sig själv när hon såg på målningen. "Jag är inte perfekt," tänkte hon, "och det är okej. Jag är bara jag, och det är tillräckligt."

I veckorna som följde fortsatte Ellen att utforska sitt inre, sin konst, och sitt liv med en ny frid. Hon gick till sin ateljé varje dag och målade, men nu var det mer än bara konst. Det var en terapi, en plats där hon kunde bearbeta sina känslor och sina tankar.

Ibland, när hon var ensam i sitt rum, kände hon på sina egna känslor på ett sätt som hon aldrig hade gjort tidigare. Hon tillät sig själv att känna allt det svåra, men också alla de små glädjeämnena. Alla dessa känslor delade hon vidare med sina elever på konstskolan, en lärdom hon vill sprida med hela världen.

Men trots denna inre frid fanns fortfarande ett rum för förändring. Ellen visste att resan aldrig skulle vara över. För livet var inte en destination, utan en pågående process. Varje gång hon släppte taget om något gammalt, varje gång hon lät gå av något som inte längre tjänade henne, kände hon en större frihet.

Med Truls vid sin sida, kände hon att det inte längre var en fråga om att vara ensam eller vara tillsammans. Det var en fråga om att vara hela, att vara fria, och att tillåta livet att vara precis vad det är – en blandning av ljus och mörker, av skratt och tårar, men alltid, alltid full av möjligheter.

Ellen stod framför sin målarduk, penseln i handen, men denna gång var det som om tiden stod stilla. Det var som om hela världen var på paus, och det enda som existerade var duken och de färger som låg framför henne. Hon hade inte målat på flera dagar. Inte för att hon inte ville, utan för att något inom henne hade förändrats. En inre resa som nu var mer komplicerad än någonsin, mer spännande, men också skrämmande på ett sätt hon inte riktigt hade förberett sig på.

Det var kväll när hon började måla igen. Lamporna i ateljén lyste mjukt och skapade långa skuggor på väggarna. Tystnaden var nästan överväldigande, bara avbruten av det stilla ljudet av penseln som strök över duken. Ellen visste inte exakt vad hon ville skapa, men hon visste att hon måste göra det. Det var något i hennes bröst som var svårt att beskriva – en känsla av att allt samlades där, en virvel av färger, av tankar, av minnen. På något sätt, genom att måla, skulle hon kunna få alla dessa inre stormar att stillna, att finna ett mönster, en form.

Men när penseln mötte duken den här gången, var det inte de lugna, organiska formerna av blommor som började växa fram, som vanligt. Det var något mer rörigt, något som sprutade ut i alla riktningar – en explosion av känslor, av ångest, av glädje och sorg som alla tårnade i samma virvlande rörelse. Färgerna blandades, kontrasterade, kämpade för att ta plats på den vita duken. Rött blandades med blått, svart mot gult, vita linjer mot mörka skuggor.

Det var som en storm som rörde sig i hennes bröst, och nu kom den till ytan.

Ellen kände att hon var tvungen att göra detta – att kasta sig ut i den oordnade världen av sina egna känslor. Att inte hålla tillbaka. För så länge hon hade hållit tillbaka, hade hon förlorat så mycket av sig själv. Denna explosion på duken, detta kaos av färger och linjer, var en del av henne. Det var inte någon hon ville dölja längre.

Så hon lät det flöda. Färgerna smetades ut över duken. Hennes hjärta bultade i takt med penselns rörelse. Färgerna var inte längre bara färger. De var känslor. De var smärta. De var förlust. De var också glädje. När hon såg på det, såg hon mer än bara en målning. Hon såg sitt eget liv – hur det hade varit splittrat, men också hur det genomgick en metamorfos, genom henne, genom denna skapelse.

Efter en lång stund stod hon där, med händerna täckta av färg, hennes kropp utmattad men samtidigt fylld med en underlig energi. Andan var tung av olja och terpentin. Tårarna var så nära nu. Inte av sorg, men av något annat. Något stort, som hon äntligen tillät att komma ut, och hon kände en lättnad som var svår att förklara. Det var som om alla dessa känslor, alla dessa år av att hålla tillbaka, nu var färdiga att släppas fria. Genom den konst hon skapade, genom det uttryck hon funnit, var hon inte längre den som var rädd för sina känslor.

Ellen låg vaken länge den natten, med blicken fäst på den tomma takfläkten som sakta snurrade ovanför henne. Truls sov bredvid, tyst som alltid, men Ellen var långt borta. Tankarna på hennes målning, på allt hon hade släppt ut, var som eld. Elden var en gammal vän till Ellen. Hon hade känt den genom hela sitt liv, men aldrig tidigare hade hon känt den så intensivt som nu. Elden var smärta, eld var lidande, men eld var också rening. Det var något i eldarna som kändes både destruktivt och helande, en paradox som gjorde att hon inte riktigt visste vad hon skulle känna.

Hennes hjärta slog i ett lugnt, rytmiskt mönster, men i hennes bröst fanns en annan sorts rytm – en inre eld som inte ville sluta brinna. Det skrämde henne. Var det här verkligen förlösningen? Eller var det bara en början på något ännu större? Något farligare? Något som skulle kräva ännu mer av henne än hon var beredd att ge?

Men i den stillheten som Truls skapade omkring sig, i hans närvaro, i hans blidhet, kände hon en värme som var av en annan sort. Inte av eld. Inte av eld som brände. Hans värme var en plats där hon kunde vila, där hon inte behövde vara något annat än sig själv. Det var i hans tystnad, i hans sätt att vara, som Ellen fann något nytt. Ett djup som var som en glöd, en gnista, men på ett sätt som inte var hotfullt. Det var lugnt, tryggt, och samtidigt så intensifierande att det fyllde hela hennes väsen.

Det var när hon låg där, vaknad i mörkret, som Ellen förstod att hon inte behövde vara rädd för sina egna inre lågor. De var en del av henne, och de var inte farliga om hon bara släppte taget om rädslan för att bränna sig. Kanske var det just där, i de okontrollerade lågorna av känslor, som hon kunde hitta sitt verkliga jag. Inte genom att trycka bort det, utan genom att omfamna det.

När hon låg där, med Truls andning lugn vid hennes sida, kände hon för första gången på länge en stor lättnad. Livet var fullt av obekanta delar, av smärtsamma minnen, av ångest och förtvivlan, men det var också fullt av möjligheter. Och kanske var det just den här insikten, den här ödmjukheten inför livets alla skiftningar, som var den största förändringen.

Det var en grå morgon, Ellen kände en konstig känsla inom sig. Truls hade varit tyst de senaste dagarna, och Ellen hade börjat känna av det. Kanske var det för att han var den som alltid stod där i bakgrunden, den som inte alltid behövde säga något för att vara närvarande. Men Ellen kände en viss oro i sitt hjärta. Hade han sett något i henne som hon inte själv såg? Hade han kanske börjat förstå mer än vad han gav uttryck för? Var hon själv verkligen redo för att förstå vad det betydde att vara nära någon på det sättet?

Det var just nu, när hon kände den tysta distansen mellan dem, som Ellen förstod något viktigt. Att den verkliga närheten inte kom genom ord, inte genom att alltid vara på samma plats, i samma rum, utan genom att kunna dela den djupaste delen av sig själv. Hon insåg att hon inte längre var den som var rädd för att vara öppen, för att ge bort sina känslor, sina tankar, till Truls. För hon visste nu att om han verkligen såg henne för den hon var, så skulle han också vara den som såg hela henne – inte bara hennes ljusa sidor, utan också de mörka.

Så, när de stod där, på gatan utanför deras hus, såg hon på honom med en förståelse som inte var helt medveten. En förståelse av att vi alla är speglingar av varandra, av att varje människa bär på sitt eget mörker, sina egna sår, men också sina egna stjärnor. För första gången var hon inte rädd för att bli speglad i hans ögon, för hon visste nu att det var just i dessa speglingar som hon kunde hitta sig själv – inte som någon perfekt, utan som någon som var på väg att bli hel.

Kapitel 12: Ett frö av mörker och ljus

Vägen framåt var inte längre en linje för Ellen. Det var ett mönster, ett nät av sammanflätade vägar som alla ledde till samma plats – till sig själv, till en djupare förståelse av vem hon var och vad livet verkligen innebar. På den vägen fanns det mörka stunder, precis som det fanns ljusa stunder. För varje gång hon släppte taget om något gammalt, förlorade något, så fanns det ett frö som grodde, som förde henne närmare en större frihet. Varje gång den gamla smärtan kom tillbaka, kom den inte längre som en fiende. Den kom som en vän, som en påminnelse om att hon hade överlevt, att hon hade kämpat, och att hon var stark nog att hantera vad som än kom.

Genom dessa förändringar, genom dessa svängar på vägen, var Truls där. Inte som en fixare. Inte som en räddare. Utan som en klippa att luta sig mot. En som inte dömde. En som bara var, där. Genom honom lärde Ellen sig en av livets största sanningar – att de svåraste vägarna ofta leder till de mest meningsfulla destinationerna.

När de gick tillsammans, hand i hand, genom alla dessa förändringar, visste Ellen att detta var den största gåvan av alla: att få dela livet med någon som såg dig för den du verkligen var.

Natten hade fallit över världen som ett mjukt, skyddande täcke. De små ljusen från husen på andra sidan sjön såg ut som stjärnor som speglade sig i vattnet. Ellen stod på verandan, stirrandes ut i mörkret. Sjön låg tyst framför henne, som en spegel där inga tankar rörde sig. Det var den första natten på länge som hon kände sig i stillhet, på ett sätt som hon inte tidigare hade upplevt. Ingen oro, ingen ångest, bara en djup känsla av att vara på rätt plats, vid rätt tid.

Truls låg fortfarande och sov i deras gemensamma säng, hans andning tung och jämn, men Ellen kunde inte sova. Kanske var det en sorts förväntan, som hade vuxit inom henne. Eller kanske var det nattens mörka, magiska stillhet som fick hennes sinne att gå på upptäcktsfärd.

Det var under dessa tysta stunder, när världen var som mest dämpad, som Ellen kände den största insikten. Den insikten att det inte fanns några enkla svar. Att livet var en samling av både skratt och tårar, av smärta och glädje, och att varje steg i den resan var lika viktigt. Men det var inte bara en resa av att förstå det som var utanför henne, utan en inre väg – en som hon nu började se klart för första gången. På denna väg fann hon en stilla plats i sitt hjärta. Ett heligt rum där hennes sår inte var något att dölja, utan något att omfamna.

Hennes blick gled till den tomma stolen bredvid henne på verandan. Där brukade Truls ofta sitta när de båda såg på stjärnorna. Ellen log för sig själv. Det var något i hans tysta närvaro som alltid hade lugnat henne, men nu var det mer än så. Nu förstod hon att hans stillhet inte var en form av avstånd, utan en grund, en plats för båda att växa från.

Efter veckor av intensiva känslomässiga upplevelser, av konstnärligt flöde och reflektioner, började Ellen känna en annan sorts längtan. Det var en längtan efter tystnad. En längtan efter att vara ensam med sig själv, utan att behöva förklara sig, utan att vara någon annan än just Ellen. Truls hade förstått detta och gav henne det utrymme hon behövde. Han hade, på något sätt, lärt sig att respektera hennes behov av att vara i sitt eget utrymme.

Denna längtan efter stillhet var inte en längtan bort från världen, utan en längtan efter att fullt ut kunna vara med den på sina egna villkor. Att inte vara påverkad av alla andras krav eller åsikter, utan att kunna lyssna på sitt eget hjärta, på sina egna känslor. Det var i denna tystnad som hon kunde höra sin inre röst klart och tydligt.

Så hon gick ut på en lång promenad den morgonen, utan ett mål, utan en plan. Bara för att låta tankarna flöda fritt, utan att hålla tillbaka något. Skogen var stilla, och varje steg på den mjuka jorden var som en meditationsmandala, ett sätt att vara i nuet. Träden sträckte sig upp mot himlen, och Ellen kände hur deras stillhet smittade av sig på henne. Hon var inte längre rädd för tystnaden. Tvärtom, den var nu hennes vän.

Tystnaden var som ett hav, och Ellen var en liten båt på dess yta. Det fanns inget att frukta. Det var bara stillhetens djup, och Ellen var nu redo att dyka längre in i det.

Efter en lång tid av introspektion kände Ellen att något annat började ta form. Något mer praktiskt, kanske mer definitivt. Något större än bara det inre arbetet. Det var som om alla de inre förändringarna nu sakta började manifestera sig i hennes yttre liv.

Truls och hon hade pratat mycket om framtiden, om deras liv tillsammans. För första gången på länge var Ellen inte rädd för att tänka på vad den framtiden skulle innebära. Hon visste nu att livet inte var en linjär väg. Det var inte något man kontrollerade. Det var ett pågående skapande – som hennes konst, som varje andetag.

Där, i det samtalet om framtiden, i de små planerna om deras liv, kände Ellen att hon var redo för något nytt. Det var inte en förändring av plats eller situation. Det var en förändring av hur hon såg på världen och på sitt eget liv. Hon hade funnit ett lugn, en balans, men också en inre eld som hade börjat spruta ut på nya sätt. Hon ville inte längre vara någon som höll tillbaka, någon som gömde sina sår. Hon ville vara den som skapade, den som levde fullt ut, utan rädsla.

Det var i det samtalet, i de små handlingarna, som Ellen såg hur hennes liv började formas på ett nytt sätt. Denna gång, denna gång var hon redo att följa det – till var det än skulle leda henne.

En ny dag bröt ut över världen. Solen gick upp på en morgon som var fylld med löften om något nytt. Ellen stod på verandan och såg på morgondimman som lättade över sjön. Hon såg på vattnet, på trädens siluetter, på livet omkring henne, och för första gången på länge såg hon inte bara det som var. Hon såg också det som var på väg att bli.

När Truls kom ut, hans hår rufsigt av sömn, hans ansikte stilla men ändå så bekant, visste Ellen att detta var vad hon hade längtat efter hela sitt liv. Inte efter att hitta alla svar. Inte efter att få kontrollen över allt. Utan efter att få vara där, i detta ögonblick, fullt ut.

Med detta förstod hon något mer. Att verklig frihet inte handlar om att undkomma livets stormar. Det handlar om att kunna stå i dem, med öppna ögon, och förstå att de är en del av den resa vi alla är på.

Kapitel 13: Livet i färger och doft

Ellen kände hur luften var tjock och full av dofter när hon gick längs den lilla grusvägen som ledde bort från deras hus. Truls var bakom henne, men han var tyst, som alltid, och gav henne utrymme. Passionen för konsten var återfunnen sedan en tid tillbaka och livet kändes som en stadig rytm, men ändå något ständigt förändrande.

De bodde i ett gammalt hus vid kanten av en glittrande sjö, omgiven av stora, ståtliga träd. Truls hade hittat det här stället av en slump, när han var ute på en av sina vandringar. Det var en byggnad med charm, men också med sina små brister – fönstren var inte helt täta, och vinden trängde ibland in genom de gamla väggarna på vintermorgnarna. Men för Ellen var det precis det som gjorde huset perfekt. Det var inte perfekt, men det var hennes hem, deras hem.

Köket, som alltid var varmt och inbjudande, hade ett stort fönster som vetter mot trädgården. Där hade de en liten trädgård med lavendel, rosor och färgglada blommor som påminde Ellen om något avlägset, något ur en barndom. När solen gick ner och ljuset reflekterades mot sjön, fylldes rummet av ett mjukt, gyllene sken, som fick allt att verka mjukare, mer fridfullt. Truls brukade laga middag här ibland, och medan han hackade grönsaker pratade de om vad som helst och inget. Hans tystnad var alltid som ett skyddande filter, en plats där Ellen kunde vara sig själv utan att behöva förklara för mycket.

Men en ny närvaro hade börjat ta plats i deras liv, en person som på många sätt var Ellens motsats men ändå kände igen delar av henne. Maja, Truls barndomsvän, hade nyligen återvänt till staden efter flera år på resande fot. Hon var en intensiv person, alltid på språng, full av idéer och projekt. Hon var en konstnär också, men på ett sätt som Ellen inte riktigt förstod – mer modern, mer experimentell. Men det var något med Maja som drog Ellen till henne. Kanske var det hennes energi, hennes vilja att se hela världen och hitta sig själv samtidigt.

Maja hade sett Ellens konst på en utställning en månad tidigare och hade blivit helt fascinerad. När Maja började komma förbi deras hus på helgerna och prata om allt mellan himmel och jord, kände Ellen en förvirrande blandning av tilldragning och osäkerhet. Maja var alltid full av historier om sina resor, om människor hon hade träffat, och om konstnärlig frihet på ett sätt som var både inspirerande och skrämmande.

Denna morgon, när Ellen gick mot sjön, såg hon Maja stå vid trädgårdsmuren och prata med Truls. Maja var klädd i sina vanliga, lite bohemiska kläder – stora, lösa byxor, ett färgglatt halsband och en lös blus. Hon var den typ av person som omedelbart fick alla att känna sig som om de var en del av något större. Truls var i sin vanliga klädsel, enkel och avslappnad, men han såg inte ut att vara helt uppslukad av Maja denna gång. Han såg istället på Ellen när hon närmade sig, och för en kort stund kände Ellen den där tysta förbindelsen mellan dem.

"God morgon", sa Maja och log brett när hon såg Ellen. "Jag var precis och pratade med Truls om att vi borde anordna en konstnärsträff här på gården. Vad tror du om det?"

Ellen stannade till och såg på Maja med ett lätt leende. "En konstnärsträff?" upprepade hon. "Du menar att bjuda in folk? Till vårt hus?"

Maja nickade, ivrig som alltid. "Ja, det skulle vara så kul! En chans för oss att träffa likasinnade. Vi skulle kunna ha utställningar, diskussioner, kanske till och med workshops. Vad tror du? Du har ju alla dina målningar här, och Truls... han har ju alltid en massa projekt på gång. Det skulle vara fantastiskt."

Ellen var stilla en stund, funderade. Hon kände den där krypande osäkerheten igen – rädslan för att hennes konst inte skulle bli förstådd, att hon inte skulle räcka till. Men det var något med Majas entusiasm som fick henne att tänka om. Kanske var det här precis vad hon behövde. Att komma ur sitt skal, att få lyssna på andras erfarenheter, kanske få lite nya vyer. Även om Ellens konstkarriär gått väldigt bra känns det ibland som att hon står och stampar på samma plats, så kanske, kanske hade detta varit bra.

"Jag tycker vi testar", sa Ellen plötsligt. "Det skulle kunna vara roligt."

Den dagen när konstnärsträffen skulle äga rum, var huset fullt av liv och rörelse. Ellen var nervös, men på ett sätt som kändes annorlunda än tidigare. Det var inte en rädsla för att bli bedömd, det hade hon blivit förr. Det var mer en känsla av att vara öppen, att ta in andras synvinklar och samtidigt dela sina egna och hon var redo för det.

Maja hade bjudit in flera av sina vänner, konstnärer som var kända i staden och andra som var nyare i sitt skapande. Många Ellen träffat på tidigare, vissa från hennes egen konstskola. Men Maja hade också bjudit in konstnärer från alla möjliga delar av världen, sådana hon mött på sina resor. Det var ett virrvarr av människor, av röster, skratt och ibland intensiv diskussion. Ellen stod i sitt kök och rörde om i en kopp te, samtidigt som hon lyssnade på samtalen som ekade från vardagsrummet.

De flesta av konstnärerna var unga, energiska och fyllda av en förväntansfull anda. En av dem, Sara, var en ung keramiker som hade sin egen studio inte långt bort. Hon var sällan tyst, och när hon pratade, var det som om hon målade med sina ord. Sara hade snabbt dragit Ellen in i en diskussion om konstnärliga processer och om hur konst, för vissa, var ett sätt att hela sig själv.

“För mig handlar det om att bryta ner barriärer”, sa Sara och flinade mot Ellen. “Att göra något oförutsägbart, att släppa ut det mörka, det som folk är rädda för. Jag ser konst som en slags terapi. Men också som en jäkla rolig utmaning.”

Där och då kände Ellen en samhörighet hon inte känt tidigare, hon passade in.

När kvällen kom och folk började gå hem, satt Ellen ensam vid sitt skrivbord, med en kopp kallt te framför sig. Hennes tankar var en blandning av alla de samtal hon hade hört, de nya idéerna och insikterna som hon nu bar på. Truls satt vid hennes sida, tyst, men hans närvaro var en trygghet. Han hade inte sagt mycket under kvällen, men hans blick, hans sätt att vara där för henne, hade varit den största stödet.

När Ellen såg på honom, kände hon för första gången på länge att hon inte var ensam i sin konstnärliga resa. Kanske, tänkte hon, var det just den insikten som skulle bli hennes största verk. Inte bara på duken, utan i livet.

Med konstnärsträffen bakom sig, började Ellen se världen på ett nytt sätt. Hon började våga mer. I den förändringen växte något större fram än bara konst. Något som var färgglatt, levande och fullt av möjligheter.

Det var en kylig morgon i september när Ellen stod i sitt arbetsrum och betraktade de senaste målerierna. Hennes penseldrag var kraftfullare, mer självsäkra, och varje färg var noggrant vald för att uttrycka mer än bara synliga former. Det var de dolda känslorna, de osynliga historierna, som hon så många gånger försökt fånga på duken ibland har hon lyckats, ibland inte.

Men de senaste dagarna hade varit fyllda med något mer än bara skapande. Ellen kände en längtan i sitt bröst, en längtan efter något större, en känsla av att det var något som höll på att hända – något som skulle förändra allt.

Ellen suckade djupt och satte ner penseln. Truls var ute i trädgården, som han ofta var på förmiddagarna, där han vårdade sina blommor. Trots att han inte pratade mycket om det, visste Ellen att han också kämpade med sina egna demoner. Men han hade en annan form av styrka – en lugn, en tyst visdom. Det var något i hans sätt att hantera världen som Ellen ofta sökte sig till. Han behövde inget svar på sina egna frågor. För honom var det nog att bara vara där, närvarande i ögonblicket.

Ellen gick ut till trädgården och ställde sig bredvid honom. De sa inte något till en början, utan bara lät den friska luften fylla deras lungor. Truls knep ihop sina ögon när han såg på solen, som kämpade sig genom ett moln. "Vet du", sa han plötsligt, "jag tycker vi ska skapa oss en familj, du och jag.

Ellen tittade på honom och kände en värme sprida sig genom kroppen. Hon log mot honom och nickade lätt. “Ja det är dags” svarade hon. Kanske var det, det här hon längtat efter?

Dagarna innan en stor utställning var fyllda med en sorts frenetisk energi. Ellen arbetade intensivt, som om hon försökte fånga en tid som höll på att försvinna. Varje penseldrag var en sista chans att uttrycka det som var obeskrivligt. Färgerna på duken var starkare än någonsin, och hon började förstå att det inte var så mycket om att skapa ett perfekt konstverk, utan snarare att skapa något som bar på sanningen om det som var inuti henne. Hennes sanning, på den tiden, var komplicerad.

Men på samma gång som skapandet blev allt mer intensivt, kände Ellen hur något började spricka. Några av de äldre, mer mörka delarna av henne började bubbla upp till ytan. Tanken på att stå inför människor och visa sig själv på riktigt, utan några dolda masker, var både befriande och skrämmande.

När dagen för utställningen kom, var luften tung av förväntan. Ellen stod inför de färdiga målningarna och kände sig både nervös och exalterad. Truls och Maja var där och hade ställt upp sig själva som ett tyst stöd. Maja var full av energi och hjälpte till att arrangera rummet, sätta upp målningarna på väggarna, medan Truls stod vid hennes sida och betraktade allt med en sorts lugn som Ellen inte riktigt kunde förstå.

De första gästerna började strömma in, och snart var rummet fyllt med människor. Ellen kände en oro i magen, men hon förlorade sig snart i alla de samtal som pågick runt omkring henne. Några tittade på hennes verk med nyfikenhet, andra stod tysta och funderade. Hon hade gjort det här så många gånger, men varje gång kändes annorlunda, det var som om man aldrig blev van.

Vid ett tillfälle när hon stod ensam vid en av målningarna, när folk gick förbi och beundrade hennes arbete, närmade sig en äldre man henne. Han hade en något bohemisk stil, med långt vitt hår och runda glasögon. Han tittade på en av målningarna och nickade långsamt.

"Det här är kraftfullt", sa han, och hans röst var mjuk men ändå beslutsam. "Det finns en sårbarhet i den här bilden som jag tycker mycket om. Men också en styrka. Det är en balans mellan ljus och mörker. Du förstår det, eller hur?"

Ellen kände en värme sprida sig genom sitt bröst. Hans ord var som en bekräftelse. Ja, hon förstod.

Det var mörker i det hela, men också så mycket mer. Det var den balansen, mellan allt det förlorade, det som fortfarande fanns kvar och det som komma skall, som gjorde hennes konst – och hennes liv – så levande.

Kapitel 14: Den stilla resan

Maja hade blivit en nära vän och en viktig del av Ellens konstnärliga resa, medan Truls fortfarande var hennes fasta punkt, den som gav henne utrymme att växa men också den som alltid stod där med öppen famn.

De hade alla sina egna sår, sina egna resor. Men tillsammans kände de att de var på väg mot något större, något mer autentiskt. Deras relationer hade fördjupats på ett sätt som var mer verkligt än allt de tidigare trott på.

En kväll, när hon och Truls satt vid sjön, hand i hand, visste Ellen att denna resa – den inre och den yttre – inte handlade om att komma till ett slutmål. Det handlade om att vara i nuet, om att fortsätta växa, även när livet blev svårt. För det var just i dessa stunder av osäkerhet, av tvivel, som de största möjligheterna låg. Det var där, i de stilla ögonblicken vid sjön, som Ellen återigen blev påmind om att livet var fullt av färger – både mörka och ljusa – och det var dessa färger som skapade livets verkliga skönhet.

Det var nu november och Ellen började känna den första kalla vinden av vinter komma smygande.

Träden runt sjön hade släppt sina löv, och nu stod de där, nakna och nästan skrämmande i sin stillhet. Men Ellen kände inte rädsla längre, bara en sorts tyst vördnad inför naturens cykler och alla de förändringar som livet tvingade fram. Hon förstod nu att allt förloras och återuppstår. Det var en rytm, en pågående process som aldrig stannade.

Men trots att hon hade funnit en viss inre frid, kände Ellen en underlig rastlöshet, som om hon fortfarande inte var helt klar. Det var som om en del av henne fortfarande längtade efter något mer, något som skulle fullända hennes resa. Det var svårt att sätta ord på det. Det var som om det fanns en annan plats i hennes själ som fortfarande var dold, ett utrymme som behövde fyllas.

En kväll när hon satt i sitt arbetsrum och betraktade en av sina senaste målningar, som förde tankarna tillbaka till det mörka, det förlorade, hörde hon dörren öppnas bakom sig. Det var Truls. Han stod där, tyst som alltid, men hans närvaro var ändå stark, på något sätt, i sin enkelhet.

"Du ser ut att vara djupt i tankarna," sa han lågmält.

Ellen vände sig mot honom och såg på hans lugna, mörka ögon. Det var som om han alltid såg rätt genom henne. Inte för att förstå varje detalj, men för att förstå den djupaste kärnan av hennes själ.

"Jag känner mig ... osäker på något. Det känns som om jag har glömt något, eller som om det finns något mer att förstå. Jag vet inte." Ellen rynkade pannan och släppte penseln från sina händer.

Truls satte sig på den gamla trästolen vid bordet och såg på henne. Hans blick var inte dömande, utan tålmodig. "Du har förändrats mycket, Ellen. Det har du redan sett. Men du har också fått insikter om saker du inte visste förut. Det kanske är dags att se det här som en pågående process, inte ett mål."

Ellen funderade på hans ord. Hon visste att han hade rätt. Hela den här resan hade handlat om att hitta sig själv, men också om att omfamna osäkerheten, rädslan och alla de delar som hon tidigare hade hållit gömda. "Men jag vill förstå mer. Jag vill kunna känna att jag har allt på plats, att jag inte behöver känna mig förlorad hela tiden."

"Det är okej att känna sig förlorad", svarade Truls med ett mjukt leende. "Vi är alla på en väg, och ibland vet vi inte var vi är på väg. Men det betyder inte att vi inte är på rätt plats." Han pausade, som om han funderade på sina egna ord.

Det var något i hans ord som fick Ellen att känna sig lättare, som om en tung sten lyftes från hennes bröst. Hon tittade på honom, hennes bästa vän, den som alltid fanns där för henne utan att pressa. Det var då, i det tysta ögonblicket mellan dem, som Ellen insåg något viktigt – att hon inte behövde ha alla svar just nu. Det var okej att inte vara "klar". Livet var, precis som konsten, en pågående skapelse, en aldrig avslutad process.

De följande veckorna blev en tid av hopp och förtvivlan, en längtan efter barn som ständigt raserades när stickan visade negativt. Missfall och ytterligare förluster la sig som ett mörkt moln över både Ellen och Truls. Ett moln som skapade en distans mellan dem, en tystnad som skapade obehag.

Under den tysta ytan började tankar växa. Tankar om förlust, om de människor och erfarenheter som format Ellens liv men som nu var långt borta. Förlusten av hennes mamma, av hennes barndom, av hennes förflutna var något som alltid låg som en dimma över hennes hjärta. Även om hon hade bearbetat mycket, började gamla sår öppnas på nytt.

En kall kväll, när Ellen satt vid fönstret och tittade ut på sjön, hörde hon en svag knackning på dörren.

Maja hade kommit för att besöka, som hon ofta gjorde nu för tiden. De hade en sorts oskriven förståelse mellan sig, och även om deras konstnärliga stilar var väldigt olika, delade de en djup vänskap som gick bortom det ordlösa.

Maja satte sig ner vid bordet, tyst för en stund. Det var något i hennes blick som fick Ellen att känna en förvånande känsla av oro. "Vad har hänt, Maja?" frågade Ellen, efter att ha hållit på tystnaden för länge.

Maja såg på henne med en blandning av allvar och sorg. "Jag har hört något. Om din mamma. Det är svårt att säga, men jag tror att det är viktigt att du vet."

Ellen kände hur hennes hjärta slog snabbare. Hon visste inte vad Maja skulle säga, men något inom henne visste att det inte var något lätt. Maja fortsatte: "Det har kommit fram uppgifter om att din mamma inte bara var sjuk på det sättet du trott. Det finns saker från hennes förflutna som kanske har påverkat henne på sätt du inte visste om."

Ellen kände hur världen snurrade. "Vad menar du?" sa hon, rösten var skakig.

Maja tittade på henne, nästan som om hon var rädd för att berätta sanningen. "Det finns skuggor som hon kanske aldrig berättade för dig. Jag tror att du behöver förstå hela bilden, för att kunna förstå dig själv."

Ellen stod upp, kände hur luften omkring henne blev tyngre. Hon visste inte om hon var redo för den här sanningen. Men samtidigt visste hon att hon inte kunde fortsätta leva med osäkerheten. Om hennes mamma hade varit en del av den här världen, ett mysterium gömt bakom sina egna skuggor, så var Ellen också en del av det. Och kanske var det dags att möta det, att förstå det för att kunna släppa taget om det för alltid.

Ellen visste att hon nu var på väg mot en annan form av helande, en djupare förståelse av sig själv och sitt ursprung. De senaste veckorna hade varit fyllda med frågor som skulle ta tid att bearbeta. Men den första insikten som började växa i henne var att inget av det förflutna var förlorat – det var bara gömt.

När hon satte sig vid sin målning nästa gång, började hon fånga nya idéer, nya bilder av människor och händelser. Hon började skapa inte för att bearbeta smärta, utan för att förstå och för att hitta en väg framåt. För första gången på länge såg hon en väg bortom mörkret, bortom det förlorade. Och i den resan, både genom sin konst och sitt inre, kände hon att hon började finna något större än sitt eget jag.

Det var en grå, stilla morgon när Ellen klev upp tidigt för att börja måla. Hon hade sovit oroligt hela natten, som om hennes drömmar inte ville släppa taget om henne. I natt hade hon drömt om sin mamma igen. Hennes ansikte var så levande i drömmen, så tydligt, men ändå så avlägset, som om det var någon annan än den kvinna Ellen trott att hon kände.

Kanske var det den hemlighet Maja hade nämnt som hade triggat hennes drömmar. Eller kanske var det något djupare, något som redan låg begravt långt därinne, ett minne hon inte var redo att möta. Ellen kände sig både öppen och skör på samma gång. Hon var redo att konfrontera något, men hon visste inte vad.

När hon gick in i sitt arbetsrum, där färgerna låg på sitt gamla ställe, började en ny bild ta form i hennes sinne. Ett ansikte, halvskuggat, oskarpt men ändå närvarande, som den dimma av ett minne som inte helt ville släppa taget. Ellen satte sig vid sitt staffli och började försiktigt, utan att överanalysera, dra penseln över den vita duken.

Penseldragen var mjuka i början, nästan som om hon var rädd att förstöra det som höll på att hända. Men ju mer hon målade, desto mer släppte hon taget. För första gången på länge kände hon att hon skapade inte bara för att förstå, utan för att uttrycka. Hennes händer följde en rytm, som om någon annan styrde dem, och hon kände hur något inom henne började läka. Färgerna blandades på duken – mjuka, dova nyanser som sakta skapade ett porträtt. Det var inte helt klart än, men Ellen visste att hon var på väg att fånga något viktigt.

När hon tog en paus för att sätta sig i sin stol och betrakta sitt arbete, kom en plötslig känsla av vemod över henne. Ansiktet hon hade målat var så bekant, men ändå så främmande. Det påminde henne om hennes mamma, men det var inte bara hennes mamma – det var något mer. Kanske var det den sidan av hennes mamma som hon aldrig riktigt fått förstå. Kanske var det den delen av sin mamma som hade blivit tyst och undangömd. Ellen satt länge och stirrade på den nästan fullbordade målningen, som om den höll på att berätta en hemlighet för henne.

Plötsligt hördes en knackning på dörren. Ellen vände sig om, en aning irriterad över att bli störd mitt i sitt skapande. Men när dörren öppnades och

Maja klev in, såg Ellen på hennes allvarliga ansikte och visste att det var något som var viktigt.

"Vi behöver prata," sa Maja med en ton som inte tillät några invändningar. "Det handlar om din mamma."

Ellen kände en kall ilning längs ryggen. Hon visste att den här konversationen skulle förändra något. Och det gjorde den också. Maja satte sig på stolen bredvid Ellen och såg på henne med en allvarlig blick.

"Det finns något mer jag måste berätta om din mamma. Jag visste inte hur jag skulle säga det, men nu känns det som om du behöver veta." Maja tystnade och såg bort, som om orden var tunga att uttala. "Din mamma hade sin egen kamp, Ellen. Hon kämpade med något som hon inte delade med någon. Det var mörka perioder i hennes liv, och det är kanske den hemligheten du inte har haft möjlighet att bearbeta."

Ellen kände en våg av förvirring och sorg skölja över sig. "Vad menar du?" frågade hon, nästan viskande.

"Det handlar om de år när hon var ung. Hon hamnade i en destruktiv relation, och den påverkade henne mer än vad någon förstod. Hon ville inte att du skulle veta. Hon ville skydda dig från det." Maja tvekade en stund innan hon fortsatte. "Det var inte bara fysiskt, utan även psykiskt. Hon förlorade en del av sig själv där, och jag tror att det var något hon aldrig helt återhämtade sig från."

Ellen satt tyst, världen runt omkring henne började snurra. Hade hon missat något? Var det möjligt att hennes mamma också hade varit en kvinna med egna förluster, egna sår som ingen såg? Ellen visste om att hennes mamma kämpade med det psykiska men kanske var det svårare än hon förstått?

Den natten, efter att Maja hade gått, satt Ellen länge vid sitt arbetsbord och betraktade målningen som nu var nästan klar. Ansiktet på duken var suddigt, nästan som om det var på väg att försvinna. I det fanns något vackert och sorgligt på samma gång. Ellen såg på det med nya ögon – inte som en fullbordad bild, utan som en del av ett större mysterium, en process som var långt ifrån klar.

Mamma hade varit en kvinna som bar på sina egna smärtor, sin egen historia, och Ellen började förstå att hennes egen resa inte var så olik den. De båda hade kämpat med sina inre demoner. De båda hade försökt hitta sitt eget ljus i mörkret. Kanske var det just detta mörker som band dem samman tillslut, som förenade dem genom tid och rum. Det var mörkret som hade burit på deras styrka.

Det var då Ellen kände att hon behövde något mer. Hon behövde släppa taget om den sista bilden av sin mamma som en oföränderlig figur. Kanske var det inte bara hennes mamma hon behövde förstå. Det var också sig själv.

Nästa morgon, när solen lyste genom fönstret och ljuset spelade på golvet, började Ellen måla igen. Men denna gång fanns en annan frihet i hennes penseldrag. Det var som om hon nu kunde uttrycka en ny sorts förståelse för världen och sig själv. Målningarna som hon skapade var återigen ljusare, mer detaljerade, mer färggranna. Varje färg, varje linje, var en spegling av hennes egen väg mot helande.

Kapitel 15: Ljusets andakt

Det var en sen kväll när Ellen och Truls satt vid bordet i deras lilla gemensamma kök. Kaffet var redan kallt, och månen hängde låg på himlen som en silvrig, bortglömd dröm. Men inget av det verkade spela någon roll just då. Ellen såg ut genom fönstret, på de dimmiga gatorna utanför, där de gamla husen låg som tysta vittnen till världen som rörde sig förbi.

"Det känns som om jag verkligen ser världen nu," sa Ellen plötsligt, nästan viskande. "Som om jag har varit förblindad hela mitt liv och nu, på något sätt, har jag fått syn på allt." Hon vände blicken mot Truls och såg på honom med en mild värme i ögonen. "Jag ser mig själv, ser dig, ser världen på ett sätt som jag inte trodde var möjligt."

Truls lutade sig fram, hans händer vilade på bordet, och hans ansikte var nästan allvarligt. "Du har förändrats, Ellen. Jag har sett det i dina ögon. Det är som om du har vaknat till liv på ett sätt som jag inte ens trodde var möjligt för någon som gått igenom det du har."

Ellen log, men det var ett ögonblick av sårbarhet bakom hennes leende, en påminnelse om allt det mörka hon hade konfronterat för att nå denna punkt. "Jag har känt mig död så länge. När jag tänker tillbaka på det, på alla åren av ensamhet och smärta, känns det som om jag aldrig skulle ha orkat ta mig hit om det inte vore för att du och alla andra har funnits där för mig."

Truls tystnade, och hans blick var varm, nästan som om han kände de ord hon sa som en del av sig själv. "Vi gör det tillsammans, Ellen. Det handlar inte om att du har klarat det ensam. Vi behöver varandra. Alla behöver varandra."

Den kvällen satt de länge, inte i samtal, utan i den tysta närvaron av att bara vara tillsammans. Ellen kände sig inte längre ensam, inte längre tvingad att bära sin smärta som en hemlighet. Det var som om den lättade, inte för att den försvann, utan för att den var tillåten att vara där, tillsammans med allt annat som var vackert och viktigt i hennes liv.

Våren kom långsamt den här gången, som om naturen också behövde tid för att hitta sin rytm efter den hårda vintern. Ellen började känna sig mer hemma i sitt eget liv. Det var inte bara i sitt hus, inte bara i sitt arbete, utan i hela världen omkring henne. Det var som om hon började förstå sitt eget syfte på en djupare nivå. Hennes konst, det som tidigare var ett sätt att bearbeta smärta, var nu en väg till kontakt, en bro till andra människor.

En dag när hon var ute på en promenad vid sjön, stannade hon till vid en plats där hon aldrig tidigare hade stannat. Det var en liten klippa som höjde sig över vattnet, och hon satte sig där, lät vinden leka med hennes hår och tankar. Hon kände återigen en stillhet i sitt sinne. Som om alla bitar av hennes liv började falla på plats, utan att hon behövde tvinga dem att passa ihop.

"Jag känner mig hemma här," sa Ellen tyst till sig själv, även om hon inte var säker på om orden var för henne eller för sjön, för vinden, för världen som långsamt vaknade runt henne.

Trots sin växande inre frid, insåg Ellen att det var en sak hon fortfarande bar på – en tung börda som vägrat släppa sitt grepp om henne. Det var sorgen över hennes mamma, den okända delen av hennes mamma, som fortfarande kändes som en ofullständig berättelse. Ellen hade hört Maja säga att hennes mamma hade haft sina egna hemligheter, sina egna mörka perioder. Men hon hade aldrig fått möjlighet att förstå hela bilden. Men hon hade förlåtit, de hade försonats, så nu måste hon släppa taget, gå vidare.

“Snälla mamma, hjälp mig orka, hjälp mig i kampen om att bilda familj; om inte för min skull så för Truls skull.” Sa hon och kisade upp mot himmeln.

En dag när Ellen satt i sitt rum och målade, den gamla träpanelen på väggen som ett vittnesmål om de år som hade gått, fick hon ett brev. Det var ett brev från en advokat. Hon öppnade det med darrande händer och läste.

Det var en dokumentation om hennes mammas liv, en samling av hennes egna privata anteckningar och meddelanden som hennes mamma hade lämnat efter sig. Den berättade om de tysta tårarna, de förlorade drömmarna och de mörka åren som hon hade hållt dolda. Ellen kände hur hennes hjärta bultade hårt i bröstet. Det var som att hon fått en sista chans att förstå sin mamma på ett sätt hon aldrig tidigare haft.

Ellen satte ner brevet, tårarna började rinna längs hennes kinder, men denna gång kände hon inte längre panik. Hon kände frid. För hon visste att hon nu kunde släppa taget. Inte om smärtan, men om alla de osagda orden, alla de hemliga skuggorna.

Sommaren kom och gick snabbt den här gången, utan de långa, dröjande månaderna av väntan som hon tidigare hade upplevt. Ellen kände att hon nu verkligen levde. Hon var inte längre den tysta, förlorade personen som förlorat sig själv i mörka tankar. Nu var hon en kvinna som hade funnit sitt eget utrymme, sin egen plats i världen. Hon hade omfamnat sina förluster och sina segrar. När hon såg på de människor som fanns kvar i hennes liv, Truls, Maja, och alla de vänner hon nu hade, såg hon inte längre på dem med rädsla eller oro. Hon såg på dem med en ödmjuk tacksamhet, för hon visste nu att det var genom andra människor som hon hade lärt sig att förstå sig själv.

Det var en ny början. Den började här, i detta ögonblick av fullständig acceptans och frihet.

Kanske, just där, på den platsen där sjön mötte himlen, fanns det en känsla av att allt var möjligt – en evig påminnelse om att livet, i alla sina former, alltid erbjuder en ny chans. Denna gång var Ellen redo att ta emot det.

Hösten svepte in som en mjuk filt över landskapet, och Ellen fann sig själv ofta på den lilla klippan vid sjön. Hon satt där länge, med händerna vilande i sitt knä, ögonen fästa på den spegelblanka ytan av sjön som reflekterade de höstliga färgerna. De röda, orange och gula löven låg som kuddar på marken, och vinden viskade mjukt bland träden. Det var som om världen omkring henne var i rörelse, men hon var stilla, grundad på en plats där hon kände att hon hörde hemma.

Det var här, i denna rofyllda omgivning, som Ellen förstod något väsentligt. Förändring var inte bara något hon skulle acceptera; det var något hon nu kunde omfamna med öppna armar. Livet var alltid i rörelse, alltid i förändring, och där fanns en viss frihet i att vara medveten om att allt skulle förändras igen – och igen.

"Så mycket har hänt," sa hon tyst för sig själv, hennes röst mjuk i den kalla luften. För flera år sedan hade hon aldrig trott att hon skulle stå här, fullt medveten om alla sina känslor, om sitt förflutna och om sin framtid. Hon kände sig inte längre fångad av sina egna tankar, inte längre paralyserad av sorgen som tidigare hade tyngt henne.

Hennes mamma var inte längre en oförståelig skepnad i hennes liv, utan en kvinna av kött och blod, med sina egna sår och sin egen styrka. Ellen hade accepterat att hennes mamma, precis som hon själv, var mänsklig, och därmed också förlåten för det som inte hade blivit sagt eller gjort. Det var ingen lätt resa, men den var nödvändig för att hon skulle kunna hitta friheten att verkligen leva.

Truls var alltid där när Ellen behövde honom, men han hade också sin egen värld, sina egna drömmar och sina egna utmaningar. De båda visste att deras relation, om än fylld med djup och närhet, också var ett ständigt arbete. Men nu, när Ellen såg tillbaka på allt de hade gått igenom, förstod hon att de båda hade växt – inte bara tillsammans, utan också som individer.

De satt ofta på kvällarna och pratade, eller tystnade i varandras sällskap. Truls hade blivit hennes största trygghet, men samtidigt hade han inte varit den som skulle "rädda" henne. Ingen annan kunde göra det.

En kväll, när de låg på soffan tillsammans, tysta för en stund och bara lyssnade på regnet som slog mot fönstren, kände Ellen en djup tacksamhet. Det var inte för den hjälp han gett, inte för den värme han hade erbjudit, utan för det faktum att han hade varit villig att se henne, verkligen se henne, utan att döma. Där, i hans tysta förståelse, hade hon funnit något hon länge saknat: en känsla av att vara fullt accepterad för den hon var, med alla sina brister och sin sårbarhet.

"Du har förändrat mitt liv," sa hon, så lågt att det nästan var ett viskande, men hans blick, mjuk och trygg, gav inget utrymme för tvivel.

Vintern var på väg, men innan kylan fullt hade tagit över världen, hade Ellen och Truls bestämt sig för att resa. De båda hade länge pratat om att lämna allt för ett tag och bara vara, utan krav, utan måsten. Ellen kände att hon behövde ge sig själv den gåvan. Då det många gånger hjälpt henne tidigare.

De bestämde sig för att åka tillbaka till den lilla stugan i fjällen. En plats bortom allt det bekanta, bortom staden, bortom allt som varit så påtagligt i hennes liv. Här, i det avlägsna landskapet, kunde hon känna sig fri från alla sina gamla spår och se sig själv på nytt. Som en människa, inte bara en kvinna med en historia. De ville verkligen vara där tillsammans, utan distraktioner, bara för att vara i varandras sällskap.

Det var vid den stugan, under stjärnorna på en klar kväll, som Ellen på allvar började förstå något ännu djupare: att livet inte var något man kunde kontrollera, inte något man kunde forma genom vilja och ansträngning. Livet var något man fick och tog emot, något man skulle vara med i, inte kämpa emot.

De satt vid den öppna spisen, där låg en eld som sprakade lugnt i bakgrunden. De delade en flaska vin och såg på varandra, och för första gången på länge fanns det inga frågor om framtiden, om när de skulle bli deras tur att bli föräldrar, inget behov av att förstå vad som skulle komma härnäst. De var bara där och det var nog.

"Jag litar på att livet leder oss," sa Ellen, och hon kände att hon verkligen menade det. Hon behövde inte förstå allt, hon behövde bara vara med i det. Livet hade redan gett henne så mycket, och nu var hon beredd att ta emot ännu mer, utan att pressa, utan att vara rädd för vad som skulle komma.

Truls sträckte ut handen och tog hennes. De satt så en lång stund, i tystnaden, men Ellen visste att den var full av betydelse.

När de kom hem från fjällen, efter veckorna av tystnad och reflektion, var världen inte densamma längre. Även om de inte visste exakt var livet skulle ta dem härnäst, var Ellen inte längre rädd för att gå vägen, även om den var okänd.

Kapitel 16: Roterande cirklar och nytt Ljus

Nästa utställning blev ännu en oväntad framgång, mer än Ellen någonsin kunnat föreställa sig. När hon såg människors ansikten när de stod framför hennes tavlor, såg hon inte bara sin egen historia speglad i dem, utan också deras. Många kom fram till henne med tårfyllda ögon och berättade sina egna berättelser om förlust, om förändring, om smärta och läkning. Ellen kände en djup gemenskap med alla dessa främlingar, som på något sätt hade funnit en väg in i hennes inre, in i den plats där hennes konst hade fötts.

En av de mest rörande stunderna kom när en äldre kvinna, som Ellen inte kände, tog tag i hennes hand efter att ha stått länge framför en målning som Ellen kallade *"Förlorad och Hittad"*. Det var en målning av en kvinna som vandrade genom en mörk skog, men där ljuset långsamt började bryta genom träden och fälla sina gyllene strålar över hennes ansikte.

"Jag har förlorat så mycket", sa kvinnan tyst. "Men denna bild... den känns som en väg till något annat. Till något jag inte har haft modet att tro på, på så länge."

Ellen blev stående, rörd över kvinnans ord. Hon visste inte riktigt vad hon skulle säga, men kände att orden inte alltid behövdes. I den där tysta stundens mellanrum var det som om en djup förbindelse skapades mellan dem, en förståelse av det som var mänskligt – smärta, men också en glimt av hopp.

Veckorna gick och Ellen kände sig mer och mer som en del av den värld hon tidigare hade känt sig utanför. När hon var ensam, reflekterade hon ofta på hur mycket hennes liv hade förändrats, men även på de delar som fortfarande var opåverkade av hennes resa. Livet, på något sätt, var som en mosaik – en samling av alla de små bitarna av erfarenheter, relationer, svårigheter och glädjeämnen, som tillsammans skapade något mycket större.

Det var just denna insikt som låg till grund för hennes nästa konstprojekt. Hon började arbeta med en serie målningar som inte längre hade någon klar, linjär form, utan var fragmenterade – som om varje tavla var en del av något mycket större och mer komplext. Det var hennes sätt att uttrycka att livet inte alltid hade en klar väg, men att det ändå var vackert i sin kaosartade helhet.

Truls var, som alltid, hennes största stöd. Han såg på henne när hon arbetade och förstod att hennes konst inte bara var ett sätt att bearbeta sin egen historia, utan också ett sätt att uttrycka allt det andra som var för djupt för ord. Han blev ytterligare en gång hennes tysta åskådare, en ständig påminnelse om att hon inte behövde förklara sig för någon.

En kväll, när de satt tillsammans vid matbordet och samtalet gled in på de små förändringarna i deras liv, sa Truls plötsligt: "Har du någonsin tänkt på vad som verkligen gör oss levande, Ellen? Inte bara de stora sakerna, utan de små, tysta ögonblicken. De där vi egentligen inte förväntar oss något, men ändå... något förändras. Något händer."

Ellen lutade sig tillbaka i stolen och funderade. "Jag tror jag förstår vad du menar. Jag var så fokuserad på att försöka förändra mitt liv, att jag missade de små ögonblicken. De där tysta, som kanske betyder mer än allt annat."

En månad senare återgick Ellen till att driva det konstgalleri som hon och Truls för flera år sedan skapade. Truls var också aktiv i konstgalleriet men arbetade mest som konsult för väggmålningar och andra projekt.

Ellens tavlor blev som speglar. För varje blick på en tavla, för varje ord som utbyttes, för varje ögonblick av reflektion, var det som om Ellen såg på sitt eget liv i spegeln också. För första gången såg hon inte bara de mörka bitarna. Hon såg det hela – de ljusa, den helande delen av allt hon varit med om.

En kvinna stannade länge framför *"Speglingar"*, en målning där Ellen hade målat ett ansikte som reflekterades i ett fönster – ett ansikte som var både bekant och främmande. Kvinnan hade tårar i ögonen när hon vände sig mot Ellen. "Det här... det här är jag", sa hon. "Jag ser mig själv här, i din bild. Du har fångat det jag känner, även om jag inte visste att jag kände det."

För Ellen var det ett ögonblick av fullständig förståelse. Inte bara för henne själv, utan för alla människor som på sitt eget sätt också bar på historier, på känslor som ibland var för svåra att dela. Genom konsten, genom att ge och ta emot de tysta berättelserna, hade hon funnit ett sätt att skapa gemenskap, att läka och att bygga vidare på sina egna fundament.

Det var under en kväll i slutet av året som Ellen återvände till den lilla klippan vid sjön. Regnet hade lagt sig, och himlen var täckt av en tunn, nästan eterisk dimma. Med ett djupt andetag släppte Ellen all sin ångest. Det var som om något inom henne hade släppt. I det ögonblicket visste Ellen att hon var fri.

När Ellen vaknade nästa morgon var världen stilla. Solens första strålar letade sig genom fönstret, skapade mjuka ljusmönster på golvet och fyllde rummet med en värme som kändes både fysisk och emotionell. Det var som om den nya dagen också bar på en ny början, och för första gången på länge kände Ellen att hon verkligen var redo att möta den.

Det var inte längre den tunga känslan av morgontrötthet som förut genomsyrade hennes dagar. Inte heller den där inre oron som alltid hade lurat bakom varje hörn av hennes medvetande. Istället var det en stillhet, en rolig känsla av att hon var just där hon skulle vara, i sitt eget liv, utan att behöva kämpa emot det.

Hon hade inte den där ständiga känslan av att försöka förstå, förklara eller analysera. Istället var hon bara – närvarande i nuet, i de små sakerna. Det var som om hennes liv nu var mer än en uppsättning utmaningar och frågor, det var som ett pågående flöde av upplevelser som var både enkla och djupa på samma gång.

Från sitt sovrumsfönster såg Ellen ut över den grå morgondimman som låg över sjön. Vattnet var spegelblankt och den lilla, gamla bryggan vid sjön såg ut som en öppen famn som välkomnade henne, som om det var klart för henne att gå dit och ta emot dagen med alla sina känslor.

Med långsamma steg gick hon ut till sjön. Kylan var påtaglig, men hon hade på sig en tjock, varm tröja. Den friska morgonluften fyllde hennes lungor och fick hennes sinne att vakna till liv. Hon satte sig ner på bryggan och stirrade på vattnet. Den lilla vinden som rörde sig i sjön skapade små ringar på ytan, och Ellen följde dem med blicken. I varje ring såg hon något nytt – kanske en bit av sig själv, kanske av någon annan. Det var förunderligt hur naturen alltid lyckades återställa hennes perspektiv, påminna henne om de saker som var viktiga, de saker som verkligen betydde något.

Truls hade föreslagit att de skulle åka bort igen. Han visste att Ellen, trots sina framsteg, ibland behövde paus. Men denna gång skulle de åka till en plats som inte var långt borta, en plats där de inte behövde prata för att förstå varandra – en plats för tystnad och reflektion. De skulle besöka ett kloster i bergen, där allt var avskilt från världen, där stillheten var den största läkningen.

Resan var inte långt, men det kändes som ett av de viktigaste ögonblicken i Ellens liv. Det var något med tanken på att vara helt tyst, utan förväntningar, utan krav, som gav henne en känsla av frihet. När de steg av bussen vid klostret kände hon hur den kyliga bergsluftens fräschör svepte bort alla de tröttande tankarna. Världen var borta här, och allting som behövde göras var att vara närvarande.

De båda gick långsamt längs de grusvägar som ledde upp till klostret. Flera gånger stannade de för att bara lyssna på stillheten. Ellen såg Truls gå bredvid henne, men han var inte som en person vid hennes sida. Han var som en del av den omgivande naturen, som om han hörde hemma där, precis som hon kände att hon hörde hemma här.

När de nådde klostret var det som att tiden stannade. Flera munkar i sina traditionella klädnader gick fram och tillbaka, utförde sina dagliga sysslor utan att säga ett ord till dem. Det var en plats där ljudet var reducerat till ett minimum, där allt var fyllt av en sorts helig, omedelbar tystnad. I denna tystnad kände Ellen något som var helt nytt. Det var inte obehagligt, inte ens tomt. Det var istället som att tystnaden bar på en form av kommunikation som inte behövde ord för att vara förstådd.

De fick ett enkelt rum med fönster som blickade ut över dalen. Rummet var sparsamt inrett, men för Ellen var det den mest fulländade platsen. Hon satte sig på den lilla, enkla stolen och kände hur det var som om varje detalj – från doften av träet till ljudet av vinden utanför – fyllde rummet med en sorts andakt.

Under dagarna på klostret vandrade de genom de orörda skogarna, satt vid sjön som låg i dalen och bara lät stillheten omsluta dem. Ellen lärde sig mer om sig själv under dessa tysta stunder än hon hade gjort på länge. Utan yttre distraktioner blev det klart för henne att den största förändringen inte hade varit att hitta lösningar på sina problem, utan att acceptera dem som en del av sig själv. Att tillåta sig att vara inte bara den starka, helande Ellen, utan även den svaga, osäkra Ellen. Båda delarna var hon. När hon tillät sig att vara både och, när hon släppte taget om kravet på att vara något annat, kände hon en djupare frid än hon någonsin upplevt.

En kväll, när Truls låg bredvid henne i rummet, såg hon på honom med nya ögon. Han var fortfarande den person som hon älskade, men något hade förändrats i henne. Hon älskade honom för den han var, inte för det han gav henne. På samma sätt älskade hon sig själv på ett sätt som var mer fullständigt och sant än någonsin.

"Jag har funderat mycket på oss," sa Ellen tyst, och hennes röst var inte ångestfylld som den brukade vara. Det var ingen rädsla i orden, bara en sann känsla av att vilja dela. "Jag tror inte att vi behöver förändra något. Jag tror att vi redan har det vi behöver. Vi har varandra, och vi har våra egna liv. Det räcker."

Truls stirrade på henne, hans ansikte lyste upp av förståelse. "Jag har också tänkt på det, Ellen. Vi behöver inte vara något vi inte är. Vi är redan här, tillsammans och det är nog."

Det var i den stunden som Ellen insåg att det var detta som var kärlek – inte att vara någon annan för varandra, inte att förändras eller att vara perfekta, utan att vara med varandra i det vi redan var. Ingen mask, inget spel, bara att vara i nuet tillsammans.

Och när de tillsammans såg på stjärnorna den kvällen visste Ellen att hon hade funnit en plats för sig själv, både i sitt hjärta och i världen, en plats där hon var fri att vara allt hon var – både svag och stark, sårbar och hel. För första gången på länge kände hon att livet verkligen var hennes, i hela dess bredd och djup.

Ellen vaknade till en tyst morgon i bergen. De första solstrålarna bröt genom fönstret och la ett mjukt, gyllene sken över den gamla träpanelen i rummet. Truls låg redan vaken, hans blick var fokuserad på det lilla träbordet framför sig där han hade ställt en kopp te. Han var så stilla, så närvarande i sitt eget inre, som om han också hade funnit samma ro som Ellen. De hade tillbringat flera dagar här, i det lilla klostret omringat av naturen, men den här morgonen kändes annorlunda. Det var som om hela världen var väntad på något – en förändring, ett steg framåt.

Efter en lång tyst frukost sa Truls något som fick Ellen att stanna upp:

"Jag har tänkt på en sak. Kanske vi borde göra mer av det här. Inte bara komma hit ibland, utan hitta en plats i våra liv där vi tillåter oss att vara så här. Där vi tillåter oss att vara i stunden, utan krav och stress."

Ellen tittade på honom och kände hur en värme spred sig i hennes bröst. Det var som om dessa ord var en bekräftelse på något som hon redan visste men inte fullt ut hade förstått: livet kunde vara mycket mer än alla de mål och drömmar hon hade kämpat för i så många år. Det kunde vara ett flöde, ett öppet utrymme för andakt och närvaro.

"Det låter som en bra idé", svarade hon och kände hur en ny, lätt känsla fyllde hennes sinne. "Jag har aldrig riktigt förstått vad det innebär att vara helt fri. Men nu börjar jag känna att jag är på väg att hitta det."

De bestämde sig för att stanna några dagar till, och under den tiden fortsatte de att vandra genom skogarna, känna in naturen. De pratade inte mycket, för de visste att ord inte alltid behövdes för att förstå varandra. Istället fylldes deras samtal av tystnad, av ögonkontakt, av att vara tillsammans utan behov av att förklara eller motivera.

Det var under en av dessa vandringar, när de gick längs en stig i skogen, som Ellen såg något som fick hennes hjärta att hoppa till – en grupp av fjärilar, dansande i ett virvlande mönster. De rörde sig som en levande spiral genom luften, tillsammans, och Ellen kände plötsligt att det var precis så livet var – inte alltid förutsägbart, inte alltid linjärt, men alltid i rörelse, alltid i förändring, alltid i en slags vacker, oförklarlig ordning. Det var som om världen omkring henne var en spegel av hennes egen inre process – en påminnelse om att även om inget var permanent, så var det ändå vackert.

När Ellen och Truls återvände hem efter sin retreat, var det som om världen återigen var full av nya nyanser. Allt kändes mer levande, mer verkligt, som om deras vistelse i tystnaden hade öppnat något inom dem, något som var svårt att sätta ord på men omedelbart kändes i varje andetag, varje blick de utbytte. De hade inte förändrat sina liv radikalt – de hade inte slutat sina jobb eller gått bort från sina hem – men deras perspektiv hade förändrats. De såg världen, och varandra, genom ett nytt filter.

När de kom hem till sitt lilla hus i staden, såg Ellen på sina väggar med nya ögon. Det var fortfarande den samma platsen, men nu var den fylld med minnen, både de gamla och de nya. Här hade hon gråtit, kämpat och tvivlat. Men här hade hon också vuxit, förlåtit och funnit en inre frid som hon aldrig trott var möjlig.

Det var under en lugn kväll som Ellen och Truls började prata om framtiden igen, men denna gång på ett helt annat sätt. De hade varit så upptagna av att forma sina liv för att passa in i förväntningar, att de hade glömt att fråga sig själva vad det egentligen var som gav dem mening.

"Vad tror du vi behöver för att vara lyckliga?" frågade Ellen, hennes röst låg nära viskning.

Truls funderade länge innan han svarade, hans blick var mjuk men ändå fokuserad. "Jag tror att det handlar om att vara modig nog att följa vår inre väg. Vi kan inte alltid veta exakt vad som kommer att hända, men om vi tillåter oss att vara fria – fria från andras förväntningar, från våra egna rädslor – då tror jag att vi kommer att hitta vägen." Ellen kände att dessa ord genljöd i hela hennes kropp. Det var den sanningen som hon länge hade sökt efter, men som nu kändes så enkel, så självklar. De behövde inte längre hålla fast vid det förflutna, inte längre oroa sig för framtiden. Det var nuet som var det största, och att kunna vara här, med varandra, med sig själva, var tillräckligt.

Kapitel 17: En ny förståelse

I månaderna som följde arbetade Ellen mer intensivt med sin konst än vad hon hade gjort tidigare. Hennes målningar blev djupare, mer inre. Hon började utforska inte bara de stora känslorna av sorg och förlust, utan även de små, nyanserade ögonblicken som skapade glädje och hopp. Det var som om hennes pensel rörde sig med en ny medvetenhet, en medvetenhet om att varje liten detalj hade betydelse – de små, mjuka förändringarna i livet som ofta gick obemärkta förbi.

En av hennes senaste tavlor var en stor, färgstark målning av en liten blomma som växte genom en spricka i betongen. Den var inte en klassisk bild av naturens skönhet – det var en bild av livets uthållighet, om hur något så litet, så ömtåligt, kunde slå rot och frodas även under de svåraste förhållandena.

När hon stod och betraktade målningen i sin ateljé, såg hon på den med en ny känsla. Det var inte bara en målning – det var en spegling av allt hon hade lärt sig. För första gången såg hon på sig själv, på sin egen resa, utan att känna skam eller ånger. Hon såg bara vägen hon hade vandrat, med alla dess svängar och omvägar, och hon kände en djup tacksamhet för varje steg. För alla de stunder som hade lett till denna plats.

Det var en kväll i slutet av våren när Ellen och Truls satt på deras veranda, de såg ut över månens ljus som glittrade på marken. Truls tog hennes hand och såg på henne med en blick som var både full av kärlek och respekt.

"Jag är så glad att jag har fått dela denna resa med dig", sa han mjukt. "Vi har gått igenom så mycket tillsammans, men jag känner att vi är mer vi än någonsin."

Ellen log och kände att de orden var sannare än något hon någonsin hade hört tidigare. Det var inte längre bara en relation mellan två människor, utan en sammansmältning av deras själar, deras drömmar, och deras rädslor. De hade verkligen lärt sig att vara tillsammans i det allra mest autentiska, utan förväntningar eller att gömma sig bakom en mask.

"Jag vet", svarade hon. “Vi har båda gått igenom så mycket, men vi har också funnit en så vacker väg framåt. Vi kanske inte har alla svar, men vi har varandra. Det känns som allt jag behöver."

De satt där, tysta men fyllda med förståelse, medan stjärnorna började tändas på den mörka himlen ovanför dem. Det var den sista delen av deras resa, men också början på något nytt – ett liv där de tillsammans skulle fortsätta skapa och växa, utan att förlora sig själva på vägen. För Ellen, som en gång kände att hon var på väg att förlora allt, var det som om världen återigen hade öppnat sig för henne.

Ellen vaknade morgonen efter till regnets stilla smatter mot fönstret. Det var den sortens regn som inte skyndade sig, som dröjde sig kvar på fönsterrutorna och förlorade sig i tystnaden. Truls låg fortfarande bredvid henne, hans andning tung och stadig. För första gången på länge kände Ellen att det var okej att vara ensam med sina tankar.

Det var i detta tysta ögonblick, när regnet kluckade utanför, som hon blev påmind om att helandet inte var en linjär väg. Det fanns stunder av frid, men också stunder av mörker. Det var just dessa stunder som definierade vem hon var. Det var i kampen, i mötet med sina rädslor, som hon började växa.

När Truls rörde på sig och drog Ellen nära sig, kände hon en värme som fick regnets kyla att kännas avlägsen. De behövde inte prata. De var där tillsammans, och det var tillräckligt.

Trots en tidig morgon bestämde Ellen sig för att gå på en lång promenad genom skogen. Hon behövde andas in naturen, känna regnet slå mot hennes hud, känna vinden i håret. Skogen var tät och grön, fylld med livets dofter. Ellen andades in den fuktiga luften och kände en plötslig, intensiv känsla av att vara en del av något större. Det var tyst här, nästan för tyst. Träden stod som gamla väktare runt henne, och för första gången på länge var det som om allting var möjligt.

Hennes tankar, som annars var virriga och förvirrade, fann en sorts harmoni här. Hennes fötter rörde sig långsamt på den mjuka marken, och varje steg var en påminnelse om att hon hade makten att välja. Att välja sin väg. Att acceptera sin osäkerhet. Det var i denna ensamma promenad som hon började förstå: ibland handlar inte livet om att hitta en väg, utan om att följa den man är på, även när den känns osäker.

När Ellen satte sig på en sten vid en stilla bäck, såg hon på vattnet som flöt förbi, och plötsligt kände hon en djup lättnad.

Ellen och Truls hade nu bott i sitt hus i flera år. De hade funnit ett lugn, ett inre hem där de båda kunde vara sig själva. Deras liv var inte perfekt, men det var deras. De var inte längre fångade i de gamla mönstren som tidigare styrt dem. De hade funnit en balans där de både kunde vara med varandra och med sig själva.

Ellen satt vid sitt fönster, tyst, med en kopp te i händerna. De kalla höstvindarna svepte utanför och rörde försiktigt på träden i trädgården, men inom henne var det stilla. Stilla på ett sätt som var oväntat, som hon inte riktigt förstått var möjligt. I den här tystnaden var det som om hon kunde höra alla de tankar hon tidigare hade tryckt undan. De var inte längre skrämmande. I stället var de som gamla vänner som kommit för att säga hejdå.

Livet var så mycket mer än de stora ögonblicken, insåg Ellen. Det var de små stunderna som egentligen betydde något. Som när hon och Truls skrattade åt något banalt, eller när de satt tillsammans och inte sa ett ord men ändå kände att de var på exakt rätt plats. Den där känslan av att vara hemma, även när inget var perfekt, var något hon aldrig hade känt tidigare.

En gång hade hon trott att lycka var något man jagade, något stort och utlovat. Men nu visste hon att det fanns i varje liten detalj. I morgonens första ljus. I det lugna suset av vinden i träden. I tystnaden mellan henne och Truls.

När hon såg på hans ansikte, där han låg i soffan med sin bok, såg hon inte längre en person som behövde bli räddad. Hon såg någon som hon valde att vara med, någon som, likt henne, hade sina egna sår men som också hade sina egna drömmar. I den ömsesidiga förståelsen som var deras, fann Ellen något helt ovärderligt: trygghet. Inte för att världen var perfekt, utan för att de, på sina egna sätt, hade lärt sig att vara med varandra utan att behöva förändra något.

Tiden hade förlorat sin betydelse. Dagar och nätter blandades samman, och Ellen insåg att hon inte längre jagade efter dem. Hon levde i nuet. Det var på en så enkel nivå att det nästan var overkligt. Förut hade hon sett livet som en ständig jakt – på ett jobb, en plats, en mening. Men nu var det som om varje dag var en liten gåva, fylld med saker att upptäcka.

Truls var en viktig del av denna upptäckt. De hade tillsammans funnit en rytm i livet som var deras egen. De hade lärt sig att kommunicera på ett sätt där tystnaden var lika betydelsefull som orden. De var inte längre två individer som var separerade av sina egna behov och rädslor. De hade funnit en gemenskap där ingen behövde vara perfekt.

De tog långa promenader på kvällarna, där de pratade om allt och inget. Världen verkade så mycket mindre skrämmande när de var tillsammans. De såg på stjärnorna och undrade vad som låg bortom dem, men det kändes inte längre som om de behövde svara på alla frågor. I stället njöt de av mysteriet, av att vara just här, just nu.

Det var som om livet hade öppnat sig för Ellen, och hon var inte längre rädd för det. Hon såg världen som en plats där det fanns utrymme för både smärta och glädje, för både sorg och skratt. För första gången var hon inte beredd att fly längre. Det var i denna nya förståelse som hon fann sitt hjärta, sitt inre hem.

Det var när Ellen satt vid sitt staffli och målade, i en stund av total koncentration hon var som lyckligast. Att måla hade alltid varit en fristad för Ellen, men nu var det också en plats för att vara i nuet, för att vara närvarande i sitt eget liv. Ingen yttre påverkan behövdes längre för att forma hennes skapande.

Hon skapade för sin egen skull. På något sätt kändes det som om detta också speglade hennes liv – inte längre formad av andras förväntningar, utan av hennes egen förståelse och acceptans.

Ellen visste nu att detta var hennes liv, på hennes egna villkor. Med varje penseldrag, varje dag de tillbringade tillsammans, byggde hon upp något nytt – något för evigt och på samma gång föränderligt.

Det var en kall vintermorgon när Ellen och Truls bestämde sig för att åka till en liten by vid havet. De hade varit där tidigare, för länge sedan, när de fortfarande var på väg att hitta sig själva. Men den här gången var det annorlunda. Den här gången var de inte på jakt efter något. De var inte på jakt efter någon form av lycka eller mening. De var helt enkelt där, i nuet, för att vara tillsammans.

Havet var lika vilt och vackert som alltid. Vågorna bröts mot klipporna med ett ljud som var både lugnande och mäktigt. Ellen stod vid kanten av stranden och kände den kalla vinden svepa genom håret. Hon såg på Truls som stod några meter bort och såg ut över havet, hans ansikte lugnt, hans kropp trygg i sig själv. Det var då det slog henne.

De hade inte längre bråttom. De hade funnit sin plats i världen. Kanske var det detta som var sann frihet – att kunna stå på en strand vid havet, utan att känna att något saknades.

Truls gick fram till henne och tog hennes hand. De stod där en lång stund, tysta tillsammans, i det kalla vinterljuset. Ellen såg på havet, på de tunga vågorna som rullade in mot land, och kände sig lycklig, på riktigt.

Kapitel 18: "Bortom det synliga"

Ellen hade aldrig förstått hur mycket hon hade längtat efter tystnaden, förrän hon verkligen hade funnit den. I många år hade världen omkring henne varit högljudd, fylld med krav, förväntningar och brus. Men nu, i denna lilla by vid havet, var tystnaden en vän. Det var inte tomt eller ens ensamt – det var som om den fyllde henne med en energi som hon tidigare inte visste fanns.

De spenderade sin andra dag i byn i total stillhet, vandrande genom de smala gatorna som ledde bort från havet och in i den gamla skogen. Ellen hade alltid haft en fascination för träd. Deras rötter var djupt förankrade i jorden, men deras grenar sträckte sig mot himlen, som om de hela tiden var i en konstant strävan efter något större.

Truls gick bredvid henne, tyst, med en ro i sitt steg som reflekterade hennes egna känslor. De talade inte mycket. Istället lät de tystnaden tala för sig själv, som om den innehöll alla de ord som de inte behövde säga.

När de nådde en liten glänta, satte de sig på en sten. Ellen slöt sina ögon och lyssnade på vinden som susade genom trädens löv. Där, mitt i naturens hjärta, kände hon sig som en del av något mycket större än sig själv. Det var en känsla av att vara både liten och oändlig på samma gång. För första gången på länge var hon inte rädd för den känslan.

"Du vet, Truls," sa Ellen, hennes röst var låg men ändå full av värme. "Jag har spenderat så mycket tid på att springa bort från saker. Men nu känns det som om jag kan stå här, utan att behöva fly. Jag har funnit min plats."

Truls log mot henne, utan att säga något, men hans ögon speglade den djupare förståelsen de båda hade funnit.

Tillbaka i deras lilla hus, efter den stilla helgen vid havet, var ångesten inte lika påtaglig. Den var inte borta, men den var inte längre hela världen. Istället hade hon börjat skapa nya vanor, sätt att handskas med sina känslor på ett sätt som inte kändes förlamande.

En eftermiddag satte Ellen sig vid sitt skrivbord. Hon öppnade sin dagbok, något hon inte hade använt på länge. Orden kom långsamt, nästan tveksamt, men när hon väl började skriva, flöt tankarna fram. Det var inte längre bara en lista över sina smärtor, sina rädslor eller sina misslyckanden.

Det var också en plats för att uttrycka de små, positiva stunderna. Det var som om hon nu såg livet genom en annan lins – en där även de mest oviktiga sakerna hade värde.

Med tiden började hon känna ännu mer glädje över de enkla ögonblicken: doften av kaffe på morgonen, ljudet av regn mot taket, värmen från Truls hand när han höll om henne. Hon hade kommit att förstå att detta var livet. Inte de stora, dramatiska ögonblicken, utan alla de små som hände medan man väntade på att något stort skulle inträffa. Det var i dessa små stunder som livet egentligen var – och Ellen kände en ny uppskattning för varje ögonblick.

Det var då hon skrev ett brev till sig själv. Ett brev där hon påminde sig själv om sin resa, om hur långt hon hade kommit och om hur stark hon hade blivit. Det var inte för att hon hade löst alla sina problem, utan för att hon nu visste att hon inte behövde lösa allt på en gång. Livet var inte en sak att "fixa". Livet var en process.

En kväll när Truls och Ellen satt vid matbordet och pratade om sina drömmar för framtiden, insåg Ellen att hon faktiskt hade förändrats på ett sätt hon inte riktigt hade förstått förut. Det var inte bara det faktum att hon hade funnit en plats för sig själv. Det var också att hon hade lärt sig att uppskatta resan.

Det var en konstig känsla att inse att hon inte längre behövde ha allt under kontroll. Förut hade hon strävat efter att vara perfekt, att vara någon annan än den hon var. Men nu förstod hon att det inte handlade om att bli någon annan, utan om att bli den bästa versionen av sig själv – med alla sina brister, sina sår, sina drömmar.

De satt där i tystnaden, och Ellen kände sig tacksam för Truls. För hans stöd, hans närvaro, men också för hans förmåga att ge henne utrymme att växa på sina egna villkor. De var inte samma personer som när de först träffades. De hade förändrats, båda två. Men på ett sätt som band dem ännu närmare varandra.

"Det känns som vi har gått igenom så mycket tillsammans," sa Ellen, med en lätthet i rösten som hon inte känt tidigare. "Ändå känns det som om vi just har börjat."

Truls tittade på henne och log. "Vi har bara börjat, Ellen och vi har allt framför oss."

Ellen kände äntligen att det var okej att vara där – mitt i livet, mitt i allt det komplexa, ofullkomliga. För hon visste nu att de bästa ögonblicken inte nödvändigtvis låg framför henne, utan att de fanns här, i nuet, just i det här ögonblicket.

Tiden gick långsamt, men ändå snabbt på samma gång. Ellen hade ju förstått att helandet inte var en destination, utan en ständig rörelse. Hon skulle inte vakna upp en morgon och plötsligt vara "hel". Det fanns alltid nya utmaningar, nya sår att läka. Men nu visste hon att hon hade förmågan att möta dem, att vara snäll mot sig själv när det behövdes, och att tillåta sig att känna smärtan när det var nödvändigt.

Ellen satt på sin favoritplats vid fönstret, där hon kunde se hela trädgården och de gamla ekarna som sträckte sina grenar mot himlen. Vitsippor och små, lila blommor växte i rabatterna, och en ny vårvind svepte förbi. Det var den tiden på året när allt verkade födas på nytt, men för Ellen var det också en tid av reflektion. Livet hade förändrats så mycket, och när hon såg på världen genom fönstret insåg hon att hon inte längre var samma person.

Det var som om alla de smärtsamma minnena, de mörka perioderna av ensamhet och rädsla, hade förlorat sin makt. De var fortfarande en del av henne, men de definierade inte längre hennes framtid. Hon kände inte längre att hon behövde vara någon annan än den hon var just nu. Hon såg på sig själv och såg styrka där det tidigare bara hade funnits tvekan.

Ibland undrade Ellen om det var möjligt att förlora sig själv, för att sedan hitta tillbaka på ett sätt som var ännu mer äkta. Nu visste hon att det var just det som hade hänt. Hon hade förlorat sig själv genom att försöka passa in i andras mallar, genom att leva efter förväntningar som inte var hennes egna. Men när hon började lyssna på sin egen inre röst, började hon bygga upp en version av sig själv som var fri från de förväntningarna. Det var en frihet hon inte visste att hon saknat.

Truls kom in i rummet, hans ögon mjuka och uppmärksamma. Han satte sig bredvid henne och såg på den utblick hon hade över trädgården. "Vad tänker du på?" frågade han försiktigt.

Ellen log och såg på honom. "Jag tänker på hur långt vi har kommit," sa hon. "Och på hur mycket vi har förändrats tillsammans. Det känns som om vi går på samma väg nu, på ett sätt vi aldrig gjorde förut."

Truls nickade och tog hennes hand. "Vi går på en väg som vi själva har valt, Ellen. Jag skulle gå den vägen med dig, var som helst."

Den känslan, av att vara tillsammans men samtidigt fri att vara sig själv, var det största Ellen hade lärt sig. Att vara med någon utan att förlora sin egen identitet, att vara stark och sårbar på samma gång. Det var ett liv hon aldrig hade föreställt sig för bara några år sedan, men som nu var så naturligt att det var svårt att minnas hur det var innan.

Kapitel 19: "Det varma regnet"

En regnig eftermiddag när de satt tillsammans vid bordet och såg på vädret utanför, började Ellen tänka på alla de gånger hon hade väntat på att regnet skulle försvinna innan hon tillät sig att gå ut. Det var inte bara regnet hon väntade på att försvinna – det var smärtan, osäkerheten och rädslan. Hon hade väntat på de mörka perioderna i sitt liv att bli över, innan hon skulle kunna känna sig fri. Men nu förstod hon att livet, precis som regnet, inte alltid var något man skulle vänta bort.

Regnet var en del av livet, precis som de svåra stunderna var. De var inte något att frukta eller undvika. I stället var de tillfällen att omfamna, att lära sig från. När regnet föll, och världen blev blöt och reflekterande, såg hon på det som ett sätt att rensa luften. När regnet slutade, kom alltid solens ljus på nytt.

"Du vet," sa Ellen, medan hon såg ut genom fönstret på det regniga landskapet, "jag har insett att vi inte behöver vänta på att regnet ska sluta för att kunna vara glada. Vi kan fortfarande vara här, nu. Mitt i stormen."

Truls, som alltid hade haft en förmåga att förstå Ellen utan att hon behövde säga så mycket, log och höll om henne. "Du har rätt," sa han. "Vi är starkare nu, både i regnet och i solen."

Under de följande månaderna fann Ellen och Truls ett djupare band mellan sig än vad de någonsin haft tidigare. De hade inte längre behovet av att förändra sina liv för att må bättre. De hade accepterat att livet inte alltid var förutsägbart eller enkelt, men att det fanns skönhet även i de svåraste stunderna. De var inte längre på jakt efter lycka, utan de var i ett tillstånd av att leva den fullt ut, som den var.

Ellen började förstå att det var okej att känna allt: både det vackra och det smärtsamma, både glädje och sorg. För varje känsla var en del av helheten. När hon såg på världen, både den lilla och den stora, förstod hon att allt hängde samman.

Det var något större än de själva som band dem samman, och samtidigt något så enkelt som de stunder de delade. Ellen hade alltid sett världen som något att kämpa mot, som en plats där hon var tvungen att bevisa sitt värde. Men nu såg hon att världen redan var här för att omfamna henne – om hon bara tillät sig att vara en del av den.

De satt på trappan en kväll när solen började gå ner, och såg på den flammiga horisonten. Truls lade sin hand på hennes. "Jag är lycklig nu, här med dig.”

Ellen lutade sitt huvud mot hans axel och kände hur allting började falla på plats.

Nästa dag stod Ellen där på den lilla klippan som ruvade vid havets kant. Bortom henne låg den oändliga horisonten där havet mötte himlen, en plats där tid och rum tycktes upphöra. I luften fanns en salt och torr doft, och vinden bar med sig en lugn styrka som fick henne att känna sig liten, men på ett vackert sätt. Som en del av något mycket större. Det var en känsla hon saknat länge, denna känsla av att vara förlorad och samtidigt på rätt plats.

När Truls kom fram och lade sin hand på hennes axel, kände hon en värme sprida sig genom kroppen. Han visste inte alltid vad hon tänkte, men han hade lärt sig att förstå. Det var som om de två nu var en enhet – som om deras känslor, deras tankar, flöt tillsammans genom rummet och världen.

"Du ser ut som om du har funnit något," sa han med ett leende. Ellen vände sitt ansikte mot honom och log svagt.

"Jag har funnit något," svarade hon, "något jag inte visste jag sökte."

Hon andades in luften och lät sig själv sjunka i nuet. När hon såg på honom var det inte längre någon förtvivlan, inget behov av att förklara sig. De var två personer som delade sina liv på sina egna villkor, och det var precis så det skulle vara.

Ellen kände ett inre lugn. Hon var inte längre rädd för att vara ute på djupt vatten, för att känna sig vilsen. För att vara vilsen var inte samma sak som att vara förlorad.

"Det känns som om jag står på kanten av något stort," sa hon, nästan som om hon pratade till sig själv. "Men jag är inte rädd längre. Jag är inte rädd för att gå vidare."

Truls tittade på henne med en allvarlig men förstående blick. "Du har kommit längre än du tror, Ellen. Du har alltid haft allt du behövde inom dig."

Ellen lärde sig att navigera i sitt eget mörker på ett nytt sätt. I stället för att dölja sin smärta, sitt tvivel och sina osäkerheter, tillät hon sig själv att uppleva dem utan att bli överväldigad.

Det var något fridfullt i detta. Förut hade hon trott att man måste vara "hela sig själv" för att vara värd något. Att man måste vara fri från sina inre demoner för att kunna leva ett fullständigt liv. Men nu förstod hon att det inte handlade om att vara utan smärta. Det handlade om att acceptera den som en del av det mänskliga villkoret, att leva trots den.

Ibland låg hon i sin säng på kvällarna och lät sina tankar vandra. Ibland kände hon att mörka skuggor ville komma tillbaka och ta över, men nu visste hon hur hon skulle bemöta dem. De behövde inte definiera henne längre. Smärtan var inte hennes fiende, utan en vägvisare.

En natt när Truls låg bredvid henne, låg hon och lyssnade på hans jämna andetag, och en känsla av lugn omslöt henne. Hon kände sig hemma, mer än hon någonsin gjort tidigare.

"Jag är inte perfekt," viskade hon tyst, som om orden var till honom, men också till sig själv. Han höll om henne och viskade tillbaka: "Ingen är och vi behöver inte vara. Vi är här, tillsammans. Det är det som räknas."

Sommaren gled förbi som en mjuk bris, och Ellen märkte att varje dag var en ny chans att känna livet på ett sätt som var mer medvetet än tidigare. Hon började hitta sitt eget uttryck, sin egen form av konst – något hon inte trott var möjligt förut. Hennes mål var inte längre att bli erkänd eller att uppnå något specifikt. Det var att skapa för sin egen skull, för att uttrycka de känslor och tankar som var dolda inom henne.

Truls såg på när hon satt vid sitt skrivbord och målade på en duk, eller när hon skrev ned sina tankar i en bok. Han såg den transformation som skedde, men han förstod också att det inte var hans jobb att förändra Ellen – det var hennes egen resa. Han var där, vid hennes sida, för att stötta henne när hon behövde det, och för att ge henne den trygghet som ibland var så svår att hitta i sig själv.

"Jag har aldrig trott på att livets mål är att vara lycklig," sa Ellen en kväll när de satt vid middagsbordet. "Jag har trott att det handlar om att leva autentiskt. Och det är först nu, efter allt vi har gått igenom, som jag kan säga att jag verkligen lever."

Truls lutade sig fram och såg på henne med ett leende. "Du har alltid levt. Du har bara inte alltid vetat om det.

Kapitel 20: "Tårarna och leendena"

En kväll satt Ellen och Truls på verandan och tittade på solnedgången. Himlen var full av brinnande färger, en palett av orange-rosa, lila och djupa blå nyanser. För första gången såg Ellen inte bara på solnedgången som ett vackert ögonblick, utan också som en metafor för sitt eget liv. Något som alltid förändras, alltid flyter framåt, men som ändå har sina egna tysta, magiska stunder.

"Det är märkligt," sa Ellen med en nästan förvånad ton. "Jag har levt hela mitt liv i svartvitt, men nu börjar jag förstå färgerna. De är vackra. De är skrämmande och intensiva, men de är också det som gör livet så... levande."

Truls log och tog hennes hand. "Ja, det är just så. Vi ska fortsätta att upptäcka nya nyanser tillsammans."

Det var en lugn, men också kraftfull känsla som fyllde Ellen. Hon var redo för framtiden, redo att leva i färger, även om vissa dagar fortfarande skulle vara mörka. För hon visste nu att det fanns ljus, även i de mörkaste skuggorna.

Ellen och Truls hade nu gått genom så mycket tillsammans. Deras resa var inte en linje, utan en spiral – ibland var de tillbaka där de började, men de såg på saker med nya ögon. De hade insett att inget av deras liv någonsin skulle vara perfekt, och att det inte heller behövde vara det. Livet var föränderligt, men det var i denna föränderlighet som de hade funnit sin styrka.

På eftermiddagen någon vecka efter insikten vid solnedgången satt de på en bänk vid sjön och såg på månen spegla sig i vattnet, pratade om allt de hade gått igenom – om de svåraste ögonblicken, om förluster och hopp. Även om de inte hade alla svaren, visste de att de var där för varandra, och det var mer än de någonsin hade kunnat drömma om.

"Det känns som vi har levt många liv inom ett liv," sa Ellen, med en känsla av frid och ro i hennes röst. "Alla de liv, alla de ögonblicken, har lett oss hit. Till just den här bänken, vid den här sjön, i just det här ögonblicket."

Truls såg på henne och nickade. "Vi har varandra. Vi kommer alltid ha varandra. Vad än framtiden må ge."

Ellen visste att det var sant. Oavsett vad som skulle komma, så hade hon nu en frihet som var mer värdefull än alla de mål och ideal hon hade jagat tidigare. Hon var inte längre en fånge i sina egna tankar. Hon var en del av världen, av livet – och av Truls. Det var nog för att känna sig levande.

Världen hade förlorat sin skepnad av skrämmande osäkerhet. Ellen kände att varje steg hon tog nu, på en stig av eget val, var lättare än tidigare. Det var som om alla de tunga kedjorna av självhat och tvivel som hade hållit henne fången under så lång tid, plötsligt var upplösta. Det fanns inget behov av att längre gråta över det förflutna, att sörja de timmar som hon förlorat på att inte tro på sin egen styrka. Hon stod där på marken, fast förankrad i sin egen kropp, och såg på den värld som nu låg för hennes fötter.

Det var en vacker kväll när hon och Truls gick genom den lilla skogen i närheten av deras hus. Träden, som bar vittnesbörd om århundraden av liv, sträckte sina grenar mot himlen. Den lugna, dämpade vinden svepte genom löven och fick dem att dansa i ett mjukt sken från månen. Det var som om naturen själv andades, som om varje växt, varje träd, var en spegelbild av Ellens egen inre förändring.

Truls stoppade och såg på henne med den där lugna, kärleksfulla blicken som alltid fyllde henne med en känsla av ro. "Du ser vacker ut när du ler," sa han lågt. Ellen log för sig själv och kände en värme sprida sig genom sitt hjärta.

"Jag har aldrig varit så här, så här i mig själv," sa Ellen och hennes röst var fylld av en mjuk vishet som hon inte trott hon besatt. "Allt känns så... öppet nu, som om jag kan vara vem jag vill vara, utan att döma mig själv."

Det var en känsla som Ellen inte hade haft för många år sedan, när alla hennes tankar hade varit inriktade på att undvika smärta, att fly bort från sitt eget jag. Nu, när hon tillät sig att vara närvarande i varje andetag, i varje ny upplevelse, hade en lugn acceptans ersatt de tidigare oroande tankarna.

Truls nickade. "Det är därför jag älskar dig, Ellen. Du har den här förmågan att gå till roten med allt. Du ser världen och livet på ett sätt som få gör. Och när du tillåter dig själv att vara helt närvarande, är du som mest vacker."

De fortsatte gå i tystnad, och Ellen kände sig nästan som om hon flöt genom den natursköna världen, en del av allt runt omkring sig. Någonstans mellan stjärnorna och marken, mellan den oändliga horisonten och den jord som höll henne uppe, fann Ellen sig själv.

Ibland var Ellen ensam. Inte på det sättet som hade varit så skrämmande förut – inte den ensamheten som hade känts som en förbannelse – men en ensamhet som nu var en plats för självreflektion, ett rum där hon kunde höra sina egna tankar utan distraktioner. Hon satt ofta vid fönstret och såg på världen utanför, de människor som gick förbi, träden som böjde sig i vinden, och husen som en gång varit främmande för henne men nu kändes så bekanta.

Det var en regnig morgon, och när regnet piskade mot fönstret såg Ellen på de små dropparna som samlades på rutan och föll till marken. Allting var stilla. Hon kände en saknad, men inte på det gamla sättet. Det var inte en saknad efter något som hon inte hade, utan mer som en tyst reflektion över tidens gång.

Tårarna som tidigare varit dolda bakom hennes leende, de tårarna som hon alltid hade försökt att förtränga, fanns nu där med en underlig stillhet. De hade inte förlorat sin betydelse, men de var inte längre förknippade med smärta. De var en del av hennes historia, en påminnelse om att de svåraste stunderna hade fört henne hit. Det var som om hon accepterade att varje tår, varje förlorad timme av sitt liv, var en del av det mönster som hade format hennes själ. Nu såg hon på det med ömhet.

När Truls satte sig bredvid henne och tog hennes hand, sa han: "Du är inte ensam. Jag har alltid varit här, även när du kände att du var det." Hans ord var som en mjuk värme som fyllde rummet, och Ellen kände en tacksamhet som gick djupare än hon trott var möjligt.

"Jag vet," svarade Ellen, och i hennes röst fanns en vishet som bara kunde komma från de tårar och stunder av mörker hon hade lärt sig att förstå. "Jag har aldrig varit ensam på det sättet jag trott. Jag har haft alla jag behövt inom mig själv, och nu kan jag se det."

Ellen hade alltid trott att hon behövde hitta en slutpunkt på sin resa. Något konkret, något att sätta ett slut på – som om det fanns en utväg från den konstanta förändringen. Men nu insåg hon att slutet inte var en destination, utan en del av resan. Livet var som ett flöde, och om man kämpade emot det, skulle man bara dra ut sin egen energi. Men om man lät sig flöda med det, kunde man hitta friheten i varje rörelse.

Hon satte sig på sin säng en kväll, ensam i sitt rum, och såg på sin spegelbild. Det var inte den unga, förlorade Ellen som hon såg, utan en kvinna som hade vuxit genom sina erfarenheter. Det var svårt att föreställa sig att hon en gång varit den person som stod på kanten av avgrunden, på väg att ge upp allt. Men nu var hon inte den personen längre.

Det var som om allt som varit svårt – alla de mörka perioderna, alla de förlorade stunderna – nu var en del av en större bild. När hon såg på den bilden, såg hon sig själv, sitt liv, med en kärleksfull förståelse. Allting hade fört henne hit, till denna plats av inre frid.

Det var då Truls kom in och satte sig bredvid henne. Hans närvaro fyllde rummet med en sorts trygghet som hon aldrig tidigare hade känt. Han sa ingenting, men Ellen behövde inte ord. Hon var inte längre den som var rädd för att ta det sista steget. Det sista steget var inte ett steg bort från mörkret, utan ett steg in i ljuset – ett steg i att acceptera livet som det var, med alla sina nyanser.

Natten blev till dag, Ellen och Truls satt på en bänk i den lilla trädgården, där växterna hade vuxit sig starka genom årstiderna. Det var en tidig söndagsmorgon. Det fanns ingen brådska i deras gemensamma liv längre. Ingen stress att nå en viss punkt, ingen längtan efter att "bli" något mer. Det var en söndagsmorgon i den allra lugnaste form, en söndagsmorgon som hon länge längtat efter.

"Det är inte ofta man ser på livet så här," sa Ellen tyst och såg på Truls. "Så här fullt ut, utan att försöka förändra det."

Truls lade sin hand på hennes. "Det är det som gör det så vackert. När vi inte längre kämpar emot, när vi slutar förvänta oss något annat än det vi redan har."

Ellen hade alltid varit en person som mätt tiden i timmar och minuter, i kvartsamtal och väntan på nästa ögonblick. Men när hon satt där, den första morgonen på hösten, med den mjuka solens värme på sin hud och tystnaden som omslöt henne som en varm filt, kändes det inte längre så viktigt.

Truls satt bredvid henne på den gamla trädgårdsbänken, hans arm slängd över hennes axlar. De sa inget till varandra, men stunden var lika talande som de mest ordentliga samtalen de hade haft. Den var som ett löfte om att inget var förlorat, inget var för sent. När de tyst satt där, såg Ellen på himlen, på molnen som gled förbi långsamt, utan mål eller brådska.

Det var som om världen själv hade tagit en paus, andades ut och lät allting sakta sjunka in. Hon tänkte på alla de gånger hon förlorat sig själv i framtiden, på alla de stunder då hon var rädd för vad som skulle hända om hon inte var tillräcklig, om hon inte räckte till. Nu insåg hon att det inte handlade om att vara tillräcklig. Det handlade om att vara närvarande i varje andetag.

"Jag tänker på alla de år vi kanske har framför oss," sa Truls plötsligt, hans röst var låg och mjukt. " Det känns hoppfullt, det som är menat att komma, kommer; när rätt tid är inne."

Ellen lutade sitt huvud mot hans axel och stängde ögonen. I det ögonblicket var inget förlorat längre, inget bortom hennes räckvidd. Tiden var inte längre en fiende att kämpa emot, utan en vän som återigen påminde henne om att allt var tillräckligt, precis som det var. Allt var här. Allt var nu.

Kapitel 21: "Blommorna som växer i mörkret"

Det var en kväll när världen var dämpad i mörker, när regnet inte riktigt hade hunnit sluta och luften var fylld av den friska doften av jord och gräs, som Ellen gick ensam genom den lilla skogen bakom huset. Hon älskade att gå där när regnet hade börjat dra bort, och marken var täckt av små droppar som fortfarande glittrade. Det var som om hela skogen var nyfödd, och varje gång hon satte ner foten var det som om hon väckte något förlorat till liv.

Truls hade inte följt med henne den här gången, och även om hon älskade hans sällskap, behövde hon också sina stunder av ensamhet.

De senaste veckorna hade varit fyllda av små, men kraftfulla förändringar. Ellen kände sig inte längre som en överlevare av sitt eget liv, utan som en skapare. Hon hade börjat skriva igen. Hon lät känslorna komma till ytan utan att analysera dem först. Det var som om hon upptäckte ett gammalt jag som hon inte hade känt sedan hon var ung, den där Ellen som skrev för att förstå världen omkring sig, för att bearbeta sin egen plats i den.

När hon kom till den lilla gläntan, där det fanns en ensam blomma som kämpade sig upp genom den blöta jorden, stannade hon. Det var en blåklocka, som såg ut att vara den enda av sitt slag i hela skogen. Ellen böjde sig ner och rörde vid den varsamt, som om den var ett ömtåligt minne av hennes egna strider.

"Du är inte ensam här, vet du det?" sa hon tyst, som om blomman kunde förstå. "Du kämpar för att växa, även om världen omkring dig kanske inte ser dig."

Där, mellan regndropparna och den stilla vinden, kände Ellen hur något växte i hennes eget hjärta. Det var inget stort, inget uppenbart, men det var där. En förståelse, en ytterligare påminnelse om att även när livet känns som mörkast, finns det alltid något som försöker bryta igenom och växa mot ljuset. Den påminnelsen var vacker.

Ellen stod länge där, tittade på blomman och kände hur tårarna började tränga fram. Inte av smärta, utan av tacksamhet. För hon insåg återigen att det inte fanns något slut på vägen till att förstå sig själv. Den vägen var inte rak, inte alltid lätt att gå, men varje steg var en upptäckt av vad livet verkligen var

– och vad det kunde bli om man bara vågade leva det.

Dagen därpå var en sådan där sällsynt morgon när världen såg ut som om den fortfarande var sömnig. En disig, stilla morgon där träden inte var riktigt synliga i dimman och där tystnaden var mer påtaglig än vanligt. Ellen satt i sitt arbetsrum, där hon tillbringade många av sina dagar. Fönstret var öppet på glänt och hon lyssnade på regnet som nu långsamt började klinga av.

Plötsligt hörde hon en bil på grusvägen och vände sig mot fönstret. Det var Truls, på väg hem efter en affärsresa. När han kom in genom dörren, såg han på henne med ett leende, ett sådant där leende som alltid fick henne att känna sig sedd, och älskad.

"Det har varit långa dagar," sa han och satte sig bredvid henne. Ellen lutade sitt huvud mot hans axel, som om hon inte ville vara någon annanstans. De satt i tystnad en stund, och Ellen kände sig fylld av en sådan frid att hon inte ens kunde beskriva den.

“Det är skönt att ha dig hemma igen.” Svarade Ellen och kysste hans mjuka lite lätt röda läppar.

Där, i det lilla huset vid kanten av skogen, med regnets mjuka eko utanför, kände Ellen att allt var sådär perfekt imperfekt, här och nu.

Truls gick för att ta en dusch och Ellen satte sig på verandan och tittade på världen utanför. Det var en av de där förmiddagarna som kändes extra magiska, när luften var fylld med den mjuka doften av jord och solstrålar som bröt igenom trädens grenar. Hennes blick var stilla, men fylld med en sådan intensitet att det nästan var som om hon såg på världen med nya ögon. Det var som om varje liten detalj – varje blad, varje blomma, varje ord från Truls vackra stämma när han sjöng i duschen – var en påminnelse om allt det vackra som låg gömt i de små tingen.

Det var då Truls kom ut på verandan. Han satte sig bredvid henne utan att säga ett ord, och för ett ögonblick var det som om hela världen andades med dem. Allt var stilla, som om inget annat existerade än just den här stunden.

"Jag har tänkt på en sak," sa Ellen tyst och rörde försiktigt vid sitt halsband, som var en gåva från Truls. Det hade varit en symbol för deras resa tillsammans, som om det band dem samman på ett djupare plan än ord kunde uttrycka.

"Vad tänker du på?" frågade Truls, hans röst var låg och han vände sig mot henne med ett försiktigt leende.

"Jag har insett mer och mer att jag inte behöver förstå allt. De små sakerna... de förändrar allt, när man tillåter sig att se dem."

Truls log och tog hennes hand. "Det är därför jag älskar dig," sa han. "Du har alltid sett världen på ett sätt som inte många gör. Du ser det som andra missar och nu ser jag det också."

Det var en lång tid sedan hon hade stått vid kanten av mörkret, när varje dag var en kamp för att hålla sig vid liv. Men nu var hon här, på verandan, med Truls vid sin sida, och hon kände att livet var mer än bara existens. Det var ett konstant flöde, ett växande, och även när hon hade sina stunder av osäkerhet, visste hon nu att det var okej. Hon var inte ensam längre, och varje ny dag var en chans att utforska allt det vackra som världen hade att erbjuda.

Ellen öppnade dörren till det lilla biblioteket i huset, en plats som hon hade skapat för sig själv under de senaste månaderna. Det var en lugn, avskild plats där hon kunde skriva, läsa, eller bara vara. Här hade hon lärt sig mer om sig själv än någon annan gång i sitt liv. Det var här, bland alla böckerna som hade samlat damm, som hon hade återupptäckt sin egen röst. Det var här hon för första gången på länge hade tillåtit sig att drömma.

Truls kom in bakom henne, och utan att säga något gick han fram till hyllorna och drog ut en bok. Han visade den för Ellen. "Den här har jag haft i många år," sa han. "Den påminner mig om allt som har varit, och allt vi har framför oss."

Ellen tog emot boken från honom och bläddrade långsamt genom sidorna. Orden på papperet var som en spegel av hennes egna tankar och känslor – en påminnelse om vad hon hade gått igenom, men också om vad hon hade funnit. Det var som om varje kapitel i boken hade fört henne närmare sin egen förståelse av världen och sig själv.

"Vi har alla våra förlorade stunder," sa Ellen efter en lång tystnad, utan att riktigt veta om hon pratade till Truls eller till sig själv. "Men det är också de stunderna som gör att vi hittar det som verkligen betyder något."

Truls satt bredvid henne och höll hennes hand. "Du har rätt. Vi har alla våra förlorade stunder, men vi måste också tillåta oss att hitta det vi behöver för att läka."

Det var en påminnelse om att de inte bara var överlevande i sina egna liv, utan att de också hade förmågan att hitta helande och frid i varandra. Ellen kände sig tacksam för den här tystnaden, för denna gemensamma stund av förståelse. Det var inte alltid ord som behövdes för att uttrycka det man kände, och ibland var det bara en närvaro som kunde säga allt.

Ellen och Truls stod på toppen av en liten kulle och såg ut över landskapet. Det var kväll, och solens sista strålar silade genom träden, skapade långa skuggor på marken. Allting var så stilla, så fridfullt, att Ellen kände att det här ögonblicket skulle stanna kvar i hennes minne för alltid.

Det var inte bara för den vackra utsikten, inte bara för att de var tillsammans i det här ögonblicket. Det var för den känslan som omgav dem, för den inre stillheten som nu fanns inom henne. Hon kände att hon hade funnit sitt hjärta, och att hon var fri.

Ellen andades in djupt och kände hur hjärtat fylldes av värme. Det fanns inget mer att be om. Livet var här, nu, och för första gången på länge var det nog.

Det var som om allt som varit mörkt, allt som varit förlorat, nu var på väg att förvandlas till något ännu vackrare. För i denna stund fanns inget annat än kärlek, hopp och den påminnelsen om att livet, i alla sina skepnader, var en gåva.

Kapitel 22: "Det oväntade mötet"

Det var en vanlig eftermiddag när Ellen var ute och promenerade längs den smala stigen som ledde till sjön. Hennes tankar var tysta, som om världen omkring henne var i fullständig symfoni. Ibland kändes det som om hon levde i en dröm – inte för att livet var perfekt, men för att hon hade lärt sig att uppskatta varje ögonblick. Det fanns ett lugn i hennes inre som hon för länge sedan hade saknat, ett lugn som förföljde henne och påminde henne om att varje steg framåt var en del av hennes egen helande process.

När hon närmade sig sjön, där vattnet var spegelblankt och nästan omöjligt att särskilja från himlen, såg hon någon vid vattnet. En äldre kvinna, som hade satt sig på en sten med blicken riktad mot horisonten. Hennes hår var grått och förlorat i vinden, och hennes kläder var enkel men slitna av tidens gång. Ellen kände en plötslig dragning i hjärtat och gick fram till henne.

"Det är vackert här, eller hur?" sa den äldre kvinnan och vände sig mot Ellen, som om hon hade väntat på att bli upptäckt.

"Ja, det är det verkligen," svarade Ellen med ett leende. "Vad gör du här, om jag får fråga?"

Den äldre kvinnan skrattade lite för sig själv, som om det var en hemlighet hon ville dela. "Jag kommer hit ibland. Här finns inget krav på mig, inget jag måste göra. Bara naturen, och vattnet som påminner mig om allt jag har varit och allt jag fortfarande är."

Ellen satte sig bredvid henne. Kanske var det inte så mycket de sa till varandra, utan mer om närvaron de delade.

De satt i tystnad länge. Ibland mötte deras blickar varandra, men det fanns inga ord som behövdes. Kvinnan bredvid henne var som en spegel av allt Ellen hade gått igenom – den livserfarenhet som fanns i hennes ansikte, men också den djupa frid hon utstrålade.

"Vi lever vårt liv, men ibland måste vi släppa taget om allt vi trott på för att verkligen förstå det," sa kvinnan till slut, som om hon visste precis vad Ellen behövde höra.

Ellen kände en varm känsla i sitt bröst. "Vad gör man när man släpper taget?" frågade hon.

"Man ser världen med nya ögon," svarade kvinnan, och för första gången på länge kände Ellen att hon kanske hade förstått det. Hennes resa hade handlat om att hitta sig själv, men kanske var det också för att förstå vad livet handlar om.

Några veckor efter mötet vid sjön kände Ellen sig förändrad på ett sätt som var svårt att förklara. Det var inte en dramatisk förändring, utan snarare som en långsam, organisk tillväxt som nu var fullt medveten om sig själv. Hon hade lärt sig att släppa taget om de delar av sig själv som inte längre tjänade henne, och hon hade lärt sig att omfamna de delar som behövde helas.

En kväll, när de satt tillsammans vid köksbordet, sa Truls något som fick hennes hjärta att bulta snabbare.

"Jag har sett så mycket förändring i dig på sistone, Ellen," sa han mjukt, och Ellen kände värmen i hans ord. "Det är som om du har blivit en annan person. Eller snarare... kanske mer av den du alltid har varit."

Ellen såg på honom. "Jag har inte blivit en annan person," svarade Ellen, "men jag har släppt det jag trott jag var. Nu är jag bara här."

De var tysta en stund. Stundens enkelhet var något som berörde Ellen på ett sätt hon inte riktigt kunde beskriva. I den tystnaden, i det lilla köket med solens sista strålar som spillde in genom fönstren, kände Ellen en sådan tacksamhet att det nästan var överväldigande.

Det var något i det ögonblicket som fick Ellen att förstå att det inte var livet som behövde förändras. Det var hennes syn på livet, på sig själv, som hade gjort det. Nu var hon fri att vara den hon alltid varit men inte vågat vara.

En kall vinterdag, några veckor efter mötet med den äldre kvinnan vid sjön, satt Ellen på en bänk i den lilla parken i byn. Snön föll lätt omkring henne, och hon kände hur de kalla vindarna påminde henne om alla de gånger hon hade känt sig liten och utsatt. Men nu var det annorlunda. Hon satt där och kände inget annat än en stillhet i sitt hjärta. Det var som om hon hade burit sina mörka perioder för länge, men nu hade de bleknat, och hon var fri att vara här, i just denna stund.

När hon såg på snön som föll, på de små barnen som skrattade och lekte, på de vuxna som gick förbi med sina hundar, blev hon påmind om att livet alltid rörde sig framåt. Människor levde sina liv, och hon var en del av det. Det fanns en sådan skönhet i att förstå att det inte handlade om att få allt rätt, utan om att vara delaktig i den livscykel som ständigt pågick omkring oss.

Ellen vaknade tidigt morgonen därpå, när ljuset fortfarande var svagt och världen låg som i en dvala. Det var den där tiden på året, när vinterns frost begravt alla färger, men som ändå gjorde omgivningen vacker. Allting var stilla, nästan för stilla, som om världen väntade på något stort att hända. För Ellen kändes det som om något faktiskt var på väg att hända – inte något stort och dramatiskt, men något inre, något i hjärtat.

Truls låg fortfarande och sov bredvid henne, hans andning lugn och jämn. Ellen visste att han var hennes trygghet, den plats där hon kunde vara helt och hållet sig själv utan att känna sig dömd. Deras resa tillsammans hade fört dem till en punkt där deras band var osynligt men starkt, som ett bälte av ljus och kärlek som höll dem samman.

När hon klev upp från sängen och gick mot fönstret för att se på morgonen, såg hon det som var så enkelt men ändå så vackert. Det vita färgerna som prydde trädens grenar de skarpa linjerna mellan snö och is – en symfoni som fyllde hennes hjärta med tacksamhet.

Det var konstigt, sa hon för sig själv. Tidigare hade hon varit blind för dessa detaljer. Förut hade hon bara sett en värld som var tung och svår, fylld med förväntningar och krav. Men nu såg hon på världen med nya ögon. Varje detalj hade en mening, varje dag var en möjlighet att finna något vackert.

När Truls vaknade och kom fram till fönstret, satte han en hand på hennes axel och såg också ut över den stilla världen. "Det är vackert här," sa han, och hans röst var full av den där tysta beundran som Ellen så ofta såg i honom nu. "Du har lärt mig att se på världen på ett nytt sätt."

"Vi lär oss av varandra," svarade Ellen. Livet var inte bara det hon var – det var det hon skapade, och nu var det färgat av alla de små ögonblicken av skönhet som hon hade lärt sig att upptäcka.

Det regnade senare den dagen, och den lilla staden var täckt av en mjuk dimma som gjorde att allt såg ut som en dröm. Ellen och Truls var ute och gick i den blöta parken, och ljudet av regnet mot den snötäckta vägen var som musik för deras sinnen. Truls hade tagit hennes hand, och de gick långsamt, utan något särskilt mål i åtanke. Det fanns inga behov att skynda sig längre. Deras värld var nu en plats där varje ögonblick kunde vara fyllt av betydelse, oavsett vad som hände omkring dem.

Det var här, i regnet, som Ellen kände det allra starkaste – att det inte var vädret som definierade dagen, utan hennes egen förmåga att vara i den. Regnet var vackert. Hela världen var vacker, och varje gång hon andades in kände hon hur hennes hjärta expanderade.

De stannade vid en liten damm i parken, där vattnet var fruset och små kristaller av regn studsade runt på ytan. Ellen beundrade det hon såg framför sig, det var nästan som om de dansade för henne.

Truls såg på henne med ett leende, han såg att hon var lycklig, lycklig på riktigt.

De gick vidare, och Ellen kände regndropparna på sin hud. De var kalla, men på ett sätt så gav de ett lugn. Tårarna som föll från himlen, liksom de tårar hon hade fällt tidigare i livet, var inte längre något att skämmas för. De var en del av det hela – en del av livet som var både vackert och tragiskt på samma gång.

Tiden fortsatte att gå, och Ellen började se på varje dag som en möjlighet att vara mer än bara en reaktion på omständigheterna. Hon började känna mer och mer att varje ögonblick hade något unikt att erbjuda, något som var hennes egen personliga upplevelse. Hon gick till sitt skrivbord och satte sig ner med en anteckningsbok, hennes händer darrande av spänning. Hon skulle skriva igen. Inte för att bevisa något för någon, utan för att förstå mer om sig själv.

När hon skrev, föll orden på papperet som regndroppar. Några av dem var tårar, några var tankar om hennes resa, och andra var helt enkelt betraktelser av världen runt omkring henne. Skriver hon om Truls, om naturen, eller om de stunder då hon kämpade för att andas, var det alltid ett sätt att kartlägga sina känslor, och genom att göra det, skapa en värld av förståelse.

Det var då hon förstod – att varje förändring i hennes liv hade varit en förvandling, en skepnad som hade smält in i nästa. Nu, när hon såg tillbaka på sin resa, såg hon att varje skepnad hade varit en del av den större bilden, en bild som hon kanske aldrig riktigt skulle förstå helt och hållet, men som alltid skulle vara hennes att utforska.

När Truls kom in i rummet och såg på Ellen, såg han på henne som han alltid hade gjort, med samma värme och förståelse. "Du skriver igen," sa han, och hans röst var fylld med glädje. "Jag kan se att du har hittat en ny plats inom dig."

"Jag tror jag har det," svarade Ellen och la ner pennan. "Den platsen är där vi alltid har varit. Det handlar inte om att förändra oss, utan om att förstå att vi redan är hela."

En ny morgon bröt fram, och denna gång var det Ellen som såg på världen med en sådan klarhet att det var som om hela naturen – hela livet – var en målning som var färdig och fulländad. För första gången på länge kände hon att hon inte behövde något mer för att vara lycklig.

När hon såg på Truls, visste hon att hennes liv hade tagit en vändning som ingen annan kunde ha förutsett, men som hon nu visste var rätt. Livet var inte om att hålla sig kvar vid gamla sår eller gamla rädslor. Livet var om att ge sig själv tillåtelse att vara, att andas, att känna och att ge. Och nu, med Truls vid sin sida, kunde hon fortsätta leva – fullt ut, med alla sina skepnader, och alla sina färger.

Kapitel 23: "Det lilla i det stora"

Det var en ovanligt solig dag när Ellen och Truls tog en lång promenad genom skogen. Solens strålar bröt genom träden och skapade mönster av ljus på marken som ett nät av guldtrådar. Ellen hade alltid älskat skogen, dess stillhet, dess andakt. Men idag var något annorlunda. Kanske var det ljuset, kanske var det hur varje träd och varje blad tycktes stå där för att berätta sin egen historia. Eller kanske var det våren som viskade i hennes öra, att nu växer allt till liv.

När de gick förbi en bäck som flöt genom skogen, stannade Ellen till och böjde sig ner för att titta på vattnet. Det var klart, nästan genomskinligt, och små blommor växte längs kanterna. Truls ställde sig bredvid henne och såg på flödet, på hur små stenar böjde vattnet och hur det fortsatte sin väg framåt, utan tvekan.

Senare på kvällen, när mörkret började falla och månen började stiga upp från den glittrande horisonten, satt Ellen och Truls på verandan med en kopp te. Det var ett stilla ögonblick, ett ögonblick av tystnad som kändes så fulländat. Ellen såg på månen och tänkte på allt som hade lett henne hit – alla de smärtsamma stunderna, alla de svaga ögonblicken, men också alla de ljusa, underbara stunderna av kärlek och förståelse som hon nu visste var en del av livet.

Truls tittade på henne, och deras blickar möttes i ett ögonblick av gemensam förståelse. Det fanns inga ord som behövdes, inget behov av att prata om det som redan var uppenbart. De hade varit på varandras sidor genom de mörkaste tiderna, och nu, på andra sidan, var de två människor som hade funnit ett sätt att andas tillsammans, som hade funnit ett sätt att leva.

Dagen därpå var en solig eftermiddag och Ellen stod vid sjön igen, precis som hon gjort så många gånger förut. Hon stod där, vid vattnet, och kände hur hela världen höll på att förändras, den vakande till liv, världen fick färger.

Truls kom fram bakom henne och lade en hand på hennes axel. "Ser du vad jag ser?" frågade han.

Ellen såg på honom och sen på sjön som nu speglade himlen så klart och stilla. "Jag ser frihet," svarade hon, "och jag ser livet."

De stod där tillsammans, tysta, och lät ögonblicket växa sig starkare, större än orden. För nu visste de båda att livet var något mer än det ytliga, det som var synligt. Det var en inre resa, en resa som handlade om att förstå sig själv och världen omkring sig på djupet. För Ellen var den här resan nu full av förståelse, av kärlek och av en oändlig potential att skapa.

"Det är dags att gå vidare," sa Ellen, nästan som för sig själv, och hon visste att detta inte var slutet. Det var bara början på något nytt. Något som skulle fyllas med nya erfarenheter, nya insikter och nya möjligheter att leva fullt ut. Det var en resa som inte hade något slut, för det var själva livet – en evig, pågående process av förändring och tillväxt.

Truls tog hennes hand och de började gå bort från sjön, med solen som lyste över deras väg. Det var ingen väg som de skulle gå ensamma – de var tillsammans, och i den gemenskapen fanns all styrka och all visdom de behövde för att möta världen.

Ellen vaknade tidigt en lördagsmorgon, precis när solens första strålar började bryta igenom fönstret. Det var något magiskt i luften, som om själva världen väntade på att få börja om. Hon låg en stund med slutna ögon och lyssnade på ljudet från den lilla vinden som susade genom träden utanför fönstret. Tystnaden var inte längre tung, som den brukade vara tidigare i livet. Nu var den full av löften, full av alla de möjligheter som låg framför henne.

När Truls vaknade, vände han sig mot Ellen och log ett leende som var både trött och ömt. "God morgon," sa han lågt, hans röst var fylld med en lugn värme. Han sträckte sig efter hennes hand, som alltid, och deras fingrar flätades samman. "Känner du hur världen är annorlunda idag?" frågade han.

Ellen nickade långsamt och såg ut genom fönstret, där det ännu var mörkt men färgerna började komma till liv. "Ja," svarade hon. "Det känns som om vi är på väg mot något nytt, något som vi inte kan se än, men som vi kommer att förstå när vi är där."

De gick upp tillsammans, tysta, som om de ville behålla den stillhet som nu omfamnade dem. De gick ut på verandan och såg på morgonen som sakta utvecklades framför dem. Solens första strålar träffade den ny växande grönskan, och Ellen kände sig som en del av denna växande värld. Här och nu, på den här platsen, var livet inget längre att frukta. Det var något att omfamna, att ta till sig med alla sina färger, ljus och skuggor.

"Det känns som om vi har gått igenom en portal," sa Truls, hans blick fäst på horisonten där himlen mötte jorden. "Som om vi är på andra sidan nu, som om vi verkligen har börjat leva."

Ellen såg på honom, och för första gången såg hon den styrka och lugn som hade vuxit fram i honom också. "Ja, vi har det. Vi har varandra och det är tillräckligt."

En vecka senare var Ellen ute på en promenad i staden, den lilla byn där de bodde. Det var en plats där hon en gång hade känt sig förlorad, en plats där hon inte visste om hon kunde hitta sig själv igen. Men nu, efter allt de hade gått igenom, kände hon att hon var hemma. För det var inte längre platsen som definierade henne. Det var den inre resan, den som hade fört henne hit.

Det var en mild eftermiddag, och staden var fylld av liv. Folk gick förbi, deras röster låg som ett mjukt mummel i bakgrunden. Små barn lekte på gatorna, och affärerna var öppna med dörrarna på glänt. Ellen stannade till vid ett torg och såg på de gamla stenbyggnaderna som stod där, vittnen till århundraden av historia. Hon log för sig själv. Ett samtal med en främling, ett skratt från ett barn, ett träd i full blom – alla dessa små saker var det som gjorde livet så rikt.

Plötsligt hörde hon någon ropa hennes namn. Hon vände sig om och såg en kvinna komma gående mot henne. Det var Lisa, en vän från tidigare, en person hon inte sett på länge. "Ellen!" ropade hon med ett leende. "Jag tyckte jag kände igen dig. Hur mår du?"

Ellen kände en värme sprida sig i bröstet. Hon och Lisa hade varit nära för länge sedan, men Ellen hade förlorat kontakten med henne när livet blivit alltför kaotiskt. Nu, när de återförenades, kände hon att hon verkligen var på en plats där hon kunde vara den Ellen hon var menad att vara – öppen, varm och medveten om alla de små saker som gjorde livet så underbart.

"Jag mår bra," svarade Ellen och log. "Jag har funnit en plats för mig själv nu. En plats där jag kan vara här och nu."

De satte sig på en bänk och pratade om gamla minnen, om livet och om hur mycket de båda hade förändrats sedan sist. Ellen kände en tacksamhet, en tacksamhet för de människor som hade varit en del av hennes resa, de som hade hjälpt henne att hitta vägen till sig själv.

En dag, när Ellen satt vid sitt skrivbord och skrev, började hon ännu en gång tänka på allt hon gått igenom – alla de mörka och tunga stunderna, alla de gånger när det kändes som om livet var för svårt att leva. Hon hade kämpat så länge mot sig själv, mot sina egna tankar, sina egna känslor.

Så ofta hade hon trott att smärtan var något som skulle sluka henne, något som inte gick att bearbeta. Men nu visste hon att smärtan hade varit en del av hennes helande. Det var inte genom att förneka sin smärta som hon växte, utan genom att ge sig själv tillåtelse att känna den, förstå den, och sedan gå vidare. Och i den processen hade hon lärt sig att förlåta sig själv.

Ellen lade ner pennan och satt en stund i tystnad. Det var en förlåtelse som inte kom från någon annan, utan från henne själv. För hon hade alltid varit den som hade behövt den allra största förlåtelsen. Inte för de misstag hon hade gjort, utan för att hon inte hade varit snäll nog mot sig själv.

När Truls kom in i rummet och såg på Ellen, kände han den tysta styrkan i rummet. "Vad tänker du på?" frågade han.

"Jag tänker på allt vi har gått igenom," sa Ellen med en lugn blick. "På hur jag förlorade mig själv i allt. Men nu, nu är jag här. Jag förlåter mig själv. För alla de gånger jag inte trott att jag var värdig att vara lycklig. Jag förlåter mig för att jag inte gav mig själv den platsen."

Truls kom fram och satte sig vid henne, tog hennes hand. "Du är värdig. Jag är så glad att jag får vara med dig på den här resan."

De satt tillsammans där, i stillheten som nu var fylld av förståelse och frid. För de visste att det inte fanns något mer att leta efter.

Ellen och Truls var på väg hem från ett litet café i staden, där de hade suttit länge och pratat om livet. Luften var frisk, och världen kändes mjuk och välkomnande. Ellen såg på Truls, och för första gången på länge såg hon på honom med en sådan ömhet och förståelse att det var som om hon för första gången såg honom helt. Inte bara den han var, utan den han hade blivit genom deras gemensamma resa. Och på samma sätt såg hon på sig själv – som någon som hade förändrats, men ändå alltid varit den samma.

De gick sida vid sida, och Ellen visste att livet fortfarande skulle vara fullt av överraskningar och utmaningar. Men det var inte längre något att frukta. Livet var en väg, en livslång väg, och tillsammans skulle de gå den.

"Vi har så mycket kvar att upptäcka," sa Ellen, och det var som om hon talade till både sig själv och till världen. "Men jag vet nu att det inte handlar om att hitta målet. Det handlar om att vara på vägen och vi har varandra."

Truls log mot henne och höll hennes hand lite hårdare. "Ja, vi har varandra."

Så gick de vidare, steg för steg, på den väg som aldrig hade varit ett mål – utan ett liv som de nu var redo att leva fullt ut.

Kapitel 24: "Kärlekens bortglömda hem"

En regnig eftermiddag när träden stod tätt intill varandra och regndropparna föll som små glittrande diamanter från himlen, satte sig Ellen och Truls på deras gamla verandabänk. Ellen, som ofta hade funnit sig själv stilla observera världen omkring sig, hade nu blivit mer medveten om alla de små sakerna som hände i hennes liv. Regnet som föll, ljudet av vinden som rusade genom löven, Truls närvaro. Allt var viktigt. Allt hade sin plats.

Det var märkligt hur livet, även i sina svåraste stunder, hade fört henne till den här platsen. Tårarna och mörka tankarna som en gång hade varit som murar runt hennes hjärta hade långsamt börjat rinna av, som regnet som smekte marken och sedan försvann. Det var som om allt var en del av en större plan, som om varje del av hennes liv, varje del av hennes historia, hade en betydelse – en historia som nu på något sätt var hel. De hade gått igenom svårigheter, men också genom ljusa stunder, och på den här platsen kände hon sig tillfreds.

"Jag tror att vi ibland förlorar oss i jakten på något större, något mer," sa Ellen, med blicken fäst på regnet som föll över marken. "Vi glömmer att allt vi verkligen behöver redan finns här. I de små ögonblicken, i de människor vi har omkring oss. Vi har alltid haft det, men vi har inte alltid sett det."

Truls tittade på henne med ett lugnt, varmt leende. "Det är så sant," sa han mjukt. "Vi söker alltid efter något utanför oss själva, när det egentligen är just här och nu som är vårt hem. För oss. Det är inte i framtiden eller i det förflutna. Det är i varje ögonblick vi andas, varje gång vi stannar upp och ser varandra, ser världen omkring oss. Här är vi hemma."

Truls höll hennes hand och klappade den mjukt. "Så här är vi, i kärlekens bortglömda hem," sa han.

Ellen lutade sig tillbaka, såg på regnet och kände att de var på rätt plats.

En tid hade gått sedan den där regniga eftermiddagen, men känslan av frid som Ellen hade känt i sitt hjärta hade inte försvunnit. Hon och Truls hade gått igenom så mycket tillsammans, och varje gång de stod vid ett vägskäl, visste de nu att de alltid hade varandra. De hade blivit ett, på ett sätt som var svårt att beskriva. Deras gemensamma resa var inte bara en väg mot helande; det var en väg av upptäckt.

En kall morgon, när frosten låg som ett tunt lager på marken, tog de en lång promenad ute på ängen. Den blommiga doften av ny vuxna blommor blandade sig med den friska luften. Truls tittade på Ellen, hans ögon fyllda med en värme som gick djupt.

"Har du tänkt på hur världen förändras?" frågade han med en låg röst. "Hur varje morgon vi vaknar, varje stund vi lever, skapar något nytt, något vi inte kan förutse?"

Ellen andades in den kalla luften, kände hur den fyllde henne med en känsla av klarhet. "Ja, jag har tänkt på det. På hur vi hela tiden rör oss framåt, utan att riktigt veta vad som väntar och på hur vi ibland glömmer att allt vi har är just här och nu. Vårt nu. När vi verkligen förstår det, när vi verkligen ser det, är vi fria. Vi är fria att leva vårt liv precis som vi vill, utan att hålla fast vid det förflutna, utan att oroa oss för framtiden."

Truls stannade upp och vände sig mot Ellen. Hans blick var genomträngande och fylld med en slags förståelse som endast kunde komma från djup, inre visdom. "Ja, det finns en oändlig horisont av möjligheter framför oss."

De började gå igen, sida vid sida. Ellen såg på honom och blev återigen påminn att världen var full av en slags magi – inte den magi som fanns i sagorna, utan i de små ögonblicken av verklighet som genomsyrade deras liv. Tårarna som en gång hade varit av sorg var nu av glädje.

Några dagar senare, en tidig morgon när Ellen och Truls satt vid sjön igen, på samma gamla brygga där de hade sett solen gå upp så många gånger förut kändes deras kärlek starkare än tidigare. Trots att världen runt omkring dem förändrades, var deras kärlek, deras band, fastare än någonsin.

Ellen lutade sig mot Truls, och de satt i tystnad ett ögonblick. Allt kändes så fridfullt, så helande. I det ögonblicket, när de såg solen stiga upp och reflekteras i sjöns yta, fylldes världen med liv.

En eftermiddag när hösten var på väg att göra sitt intåg, satt de i sitt lilla hus, på den lilla verandan som var klädd i mossa och klätterväxter. Tystnaden var nästan bedövande, inte för att det var tomt, utan för att allt i världen just nu kändes som det var på rätt plats. Ellen satt i en gammal stol som Truls hade fått från sin farfar och andades in den friska höstluften. Truls satt vid hennes sida, hans hand på hennes arm, och de var tysta, som om de bara behövde vara där med varandra.

"Jag har funderat på vad du sa om mörkret," började Ellen, och hennes röst var mjuk, fylld av eftertanke. "Att det också har sin plats. Jag trodde förut att mörka tankar var något jag borde fly ifrån. Jag ville inte erkänna att jag var rädd för dem. Men nu förstår jag att de också är en del av mig. När jag tillåter mig själv att känna dem, kan jag också släppa dem."

Truls lutade sig framåt, hans ögon fyllda med värme och en djup förståelse. "Precis. Vi behöver inte vara rädda för mörkret, för det är bara en sida av livet. Vi behöver förstå att vi inte kan uppskatta ljuset om vi inte har känt på mörkret. Det är där vi växer. Det är i mörkret vi ofta hittar vår styrka."

Ellen kände en värme sprida sig i kroppen. Det var som om hela livet hade blivit en färgpalett av upplevelser – inte bara glädje och lycka, utan även sorg, rädsla och osäkerhet. När alla de här färgerna blandades samman, skapade de en bild som var fullständigt verklig, fullständigt levande. Ellen visste att hon nu inte bara hade accepterat sin egen historia, utan att hon också var stolt över den. För varje utmaning, varje svårighet, hade format henne till den hon var i detta ögonblick.

"Det känns som om vi målar vårt eget liv," sa Ellen med ett leende, vänd mot Truls. "Varje penseldrag, varje färg, har sin plats."

"Så är det," svarade Truls och strök bort en hårslinga från hennes ansikte. "Det är vår historia. Ingen annan kan skriva den för oss. Vi har den makten."

En tid senare, under den första riktiga frosten som täckte marken som ett tunt, glittrande täcke, var Ellen och Truls ute på en lång promenad. Vägen de följde var välbekant, men idag kändes den som något nytt. Det var som om varje steg, varje andetag, var en påminnelse om allt de hade varit med om, och allt de hade överlevt.

Luften var kall, men den var också uppfriskande, fylld med liv. Truls höll Ellen i handen, hans grepp lätt men fast, som om han inte ville att hon skulle känna sig ensam. Det var något visst i luften, som om världen var på väg att öppna sig för något nytt.

Plötsligt stannade Ellen och såg på de frusna blommorna vid vägkanten. Trots att de var stela och frusna, bar de på en slags skönhet som Ellen inte hade sett förut. "Ser du det?" sa hon, nästan viskande. "De här blommorna, de är döda, men ändå så vackra. Trots allt, de står kvar här, trots frosten."

Truls stannade bredvid henne och såg på blommorna. "Ja, de påminner oss om att även i de svåraste tider, när vi känner oss frusna och slut, finns det en skönhet i att stå kvar. En styrka i att bara vara här. Som blommorna. De har inte gett upp, de har bara anpassat sig."

Ellen kände en värme i sitt bröst, för hon förstod exakt vad Truls menade. Det var så lätt att fastna i tanken på att man måste vara stark hela tiden, att man måste vara "fullt levande" varje sekund. Men kanske, just som blommorna i kylan, var styrkan ibland i det enkla. I att stå där, med sina rötter förankrade i marken, även när världen omkring en verkar döda.

"Vi har varit genom så mycket," sa Ellen, med blicken på den lilla blomman. "Vi står här, fortfarande. Även om vi kanske inte är helt hela, kanske vi inte ens behöver vara det. Vi har överlevt."

Truls lutade sig mot henne, hans ögon fyllda med kärlek och förståelse. "Och det är det som gör oss vackra," sa han. "Vi är vackra i vår sårbarhet. I vår vilja att fortsätta. Vi gör det tillsammans."

De stod där en stund, i tystnad, och kände både förlusten och styrkan i sina hjärtan. För de visste att livet inte handlade om att vara felfri, utan om att vara närvarande. Att vara en del av världen och acceptera den, i alla dess former.

Det var en annan kväll, en av de många där stjärnorna glittrade på den kalla himlen, när Ellen satte sig på verandan igen. Hon kände sig lättare än hon hade gjort på länge. Det var en känsla av frihet, som om hon verkligen hade släppt det gamla och öppnat dörren för det nya. Hon var inte längre fast i sina egna mörka tankar eller den sorg som hade hållit henne fången. Hon visste att smärtan skulle komma tillbaka, men hon var inte längre rädd för den.

Truls kom ut till henne och satte sig bredvid henne, som han ofta gjorde. Han lade armen omkring henne, och hon lutade sitt huvud mot hans axel.

"Jag har tänkt på alla de tårar jag gråtit," sa Ellen tyst, som om hon pratade med sig själv. "Alla de gånger jag har känt att jag inte kan gå vidare. Nu känns det som om tårarna har torkat, som om jag har gråtit ut det jag behövde släppa."

Truls strök hennes hår och såg på henne med ögon fulla av förståelse. "Det är inte att vi inte känner mer smärta. Vi känner den. Men vi har lärt oss att vara med den, inte fly från den. Vi vet att vi inte är ensamma."

Ellen kände sig lättare när hon hörde hans ord. Det var inte att förneka sina känslor, utan att tillåta dem att finnas där och gå vidare när det var dags. Livet var inte att ständigt kämpa emot – det var att omfamna det som var och hitta skönhet i de mest oväntade ögonblicken.

När hon såg på Truls, på världen runt omkring dem, visste hon att de var på rätt väg. Inte för att de hade alla svar, utan för att de var där för varandra, och för att de hade lärt sig att leva med allt livet hade att erbjuda.

Tiden hade gått, och Ellen började känna att det var dags att gå vidare, inte bara med livet utan med sig själv. De dagar som hon hade tillbringat i tystnad och reflektion med Truls hade förändrat henne på ett sätt som var svårt att sätta ord på. Hon hade lärt sig att släppa på de tunga kedjorna av självkritik och osäkerhet som hon hade burit så länge. Hon såg världen på ett nytt sätt, som en plats full av möjligheter, inte av krav och rädslor. Hon hade förstått att smärtan inte var något att fly från – att den var en del av livet, något man kunde lära sig att hantera, istället för att försöka fly ifrån.

Truls var vid hennes sida genom hela denna förvandling, men Ellen visste att det inte var han som hade förändrat hennes liv. Han hade visat henne vägen, men det var hon som hade gått den. Hon kände sig stolt över sig själv. Inte för att hon var perfekt – det var hon inte. Men hon var äntligen hel, i all sin sårbarhet, i all sin mänsklighet.

Livet var inte alltid lätt, men det var fullt av skönhet. Ellen visste att hon inte längre behövde vara rädd för mörka dagar, för de skulle alltid komma, men de skulle också gå. Och när de gick, skulle ljuset återvända.

När Ellen satt vid sitt fönster och såg ut över trädgården som låg badad i det mjuka morgonljuset, kände hon en stilla, djup känsla av frid.

Resan hade inte varit lätt. Det fanns perioder när hon trott att hon aldrig skulle kunna ta sig igenom sina egna mörka tankar och känslor. När hon trott att allt var förlorat. Men där, vid bussen, när hon först mötte Truls, hade något förändrats. Hans närvaro var inte det som räddade henne, men hans sätt att vara, hans sätt att vara med sig själv, hade väckt något inom henne. Han hade inte försökt laga henne. Han hade bara varit där, i tystnad, utan att kräva något, och i den tystnaden hade hon börjat höra sina egna tankar, höra sin egen röst, för första gången på länge.

Livet hade inte blivit lättare, inte perfekt. Men det var hennes liv. Hon var inte längre en främling för sig själv. Hon var inte längre fångad i den tystnad som en gång definierat henne, utan hade funnit en plats där hon kunde vara fullt närvarande. Ett liv inte styrt av andras förväntningar eller hennes egna rädslor, utan ett liv där hon var fri att vara Ellen, i all sin skönhet och komplexitet.

Det var när hon målade igen, de senaste penseldragen på en duk fylld med färger och former som symboliserade allt hon varit med om, att hon insåg hur mycket hon hade förändrats. Konst, som en gång varit ett sätt att bearbeta sorgen, hade blivit ett sätt att uttrycka sin frihet. En frihet som inte kom från att fly från smärtan, utan från att acceptera den som en del av livet.

När Truls en kväll satte sig vid hennes sida, såg på henne med den där mjuka blicken och sade: "Vi överlever inte längre, vi lever", visste Ellen att han hade rätt.

Tystnaden, som en gång varit en plats av ensamhet, var nu ett rum av försoning. Livet, med alla sina upp- och nedgångar, var något att omfamna.

Ellen lutade sig tillbaka, såg på stjärnorna genom fönstret och kände en stilla glädje. För hon hade funnit sin plats och den platsen var här, i livet – just nu.

Made in the USA
Columbia, SC
24 March 2025

68998282-6779-4be1-b756-8d9dca7a05eeR01